중국 현대문학
작가 열전

중국 현대문학 작가 열전

이강인 지음

머리말

　중국 현대문학은 일반적으로 그리 많이 알려지지 않은 영역이다. 중국문학 하면 고전문학으로 생각하고, 문학의 내용을 주로 시경이나 당시, 송사, 원의 희곡 정도로 인식하고 있다. 중국 현대문학은 이러한 고전과 단절하면서 서구문학을 중국 현실에 이식한 새로운 문학영역이다. 또한, 우리나라 근대문학의 출발과 비슷한 시기에 중국의 근대사상을 배양시킨 문학의 근간이다.

　일반적으로 중국문학을 접하는 중국입문자들이나 일반인들은 중국문학을 어렵게 생각한다. 그 이유 중 하나가 한문과 한문투의 언어 때문이다. 중국문학을 공부하다 보면 실제로 이러한 문제에 부딪히게 되어 흥미를 잃기 쉽다.

　이 책은 이러한 점을 고려하여 될 수 있는 대로 기존의 중국문학사나 문학 개설서들에서 보이는 어렵고 난해한 문장사용을 자제하였으며, 가능한 한 한자를 생략하고 한글 위주로 하여 쉽게 접근할 수 있도록 하였다. 기존의 책에서 많이 다루는 시기 구분이나 정치적 입장에서의 서술 또한 자제하였다. 대신, 중국 현대문학이 어떻게 형성되었고, 어떻게 발전해 나갔는가에 관해 그 시대를 살았고 그 시대를 이끌어 나갔던 주요 작가들을 중심으로 살펴보았다.

이 책은 총 16장으로 구성되었다. 작가 중에서도 비교적 비중이 높은 작가들을 선별하여 그들의 삶과 그들의 대표 작품을 분석하는 것을 위주로 하였다. 특히, 장마다 '문학 in'이라는 코너를 만들어 중국 현대문학을 배우고자 하는 독자들이 어렵지 않게 중국문학을 배우고 중국을 이해할 수 있게 하였다.

짧은 시간에 많은 양을 정리함으로 인해 여러 가지 문제점이 드러났음에도 불구하고 중국 현대문학을 사랑하는 마음에서, 입문자나 일반인들이 쉽고 재미있게 중국문학을 접했으면 하는 바람으로, 초보적인 내용을 정리하여 감히 이 책을 엮게 되었다. 따라서 전공자들에게는 매우 부족한 책이라 여겨진다. 이에 필자는 겸손한 마음으로 문제점들을 수용하고, 나중에 다시 정리하여 새롭고 참신한 중국 현대문학 소개서를 내놓으리라 다짐해 본다.

이 책을 출판할 수 있도록 허락해 주신 한국학술정보(주)와 여러 실무책임자께 감사드린다.

이강인

Contents

1강

노신(魯迅)

"중국을 너무나 사랑한 지식인"

노신의 삶

　노신은 1881년 9월 25일 중국 절강성 소흥부 성내에서 출생했다. 본명은 주수인(周樹人), 자는 예재(豫才)이며, 노신은 필명이다. 유복한 어린 시절을 보냈으나 12세 되던 해에 조부가 투옥되고, 그로 인해 아버지 백의가 중병으로 앓아누우면서 집안이 급속도로 몰락하였다. 노신은 아버지의 병을 고치기 위해 거의 매일 전당포와 약방을 출입하였으나, 아버지는 노신이 16세 되던 해에 세상을 떠났다. 노신은 당시 우매한 중국 한의술 때문에 부친을 잃게 된데 자극을 받아 서양 의학을 공부할 결심을 하게 된다.

　집안의 몰락으로 정통적인 입신의 길이 막혀 버린 노신은 새로운 세계를 경험하기 위해 17세(1898년)에 남경으로 가 강남수사학당에 입학한다. 그러나 이에 만족하지 못하고 반년 후 광로학당으로 전학해 근대 과학의 기초를 배우며 서양과학의 우월성을 접하게 된다.

노신은 1901년 말에 광로학당을 졸업하고, 바로 다음 해인 21세에 일본 유학길에 올라 동경의 홍문학원 속성과에 입학한다. 그 후 1904년 가을 동경을 떠나 센다이의학전문학교에 입학한다. 노신은 의학 수업 중 그 유명한 '환등 사건'을 통해 중국과 같이 낙후된 국민에게는 건장한 체격보다는 강한 국민정신이 더 필요하다는 것을 절실히 깨닫고 의학에서 문학으로 방향을 전환한다. 그는 국민정신을 개조하는 데는 문학를 통한 방법이 최선이라고 판단하고 문학창작을 시작한다.

1912년에서 1918년까지는 노신의 생애 가운데 사상적으로 가장 고난에 빠진 시기였다. 이후 1918년 『신청년』지에 발표한 『광인일기』는 백화로 쓰인 소설로 현대문학의 기원이 되었다.

그로부터 3년 후 발표된 『아Q정전』은 중국의 전형적인 국민성을 풍자한 소설이다. 중국이 역사적으로 계승하여 온 중국 국민의 아둔한 봉건적 병환 부인, 우매성, 약점을 아Q의 이미지에 비추어 냉혹하게 묘사하였다. 이 소설에 대해 찬반논쟁이 일기도 했지만, 반봉건의 문화혁명을 원하는 젊은 진보파들의 옹호를 받으면서 5·4운동의 기수로 앞장서기 시작하였다.

1925년에는 청년 지도기관인 선명사를 설립하여 계속 문화혁명에 앞장섰으며, 북경여자사범대학에서 학생운동이 일어나지 그에 동참하기도 하였다. 그 후 단기서 정부의 탄압을 피해 북경을 탈출하여 광동 중산대학으로 교직을 옮겼다. 1927년 4월 국공분열 후 다시 국민당의 탄압이 시작되자 불안한 사회 정세를 피해 상해 조계지에 숨어서 운동을 계속했다. 그는 중국 작가 동맹 좌익계의 중심인물로 활동하면서 극좌(창조사·태양사)와 대립하여 참된 프롤레타리아 문학 논쟁의 중심이 되었다. 초기에 소설을 주로 썼던 그의 문학은 차츰 평론과 수필로 옮겨갔다.

그러다 중일전쟁이 일어나기 바로 전해인 1936년, 폐결핵과 천식이 악화해 56세를 일기로 세상을 떠났다. 그의 유해는 만국공묘에 안장되었으며, 그의 비석에는 '민족혼'이란 글자가 새겨져 있다. 반봉건, 반제의 기치 아래 전개된 5·4운동의 기수가 된 이래 중국혁명의 서막인 문화운동을 주도하며 중국 민중의 길고 긴 잠을 깨운 그의 문학은 중국에 대한 또 다른 하나의 사랑의 표현이다.

노신의 소설

아Q정전

『아Q정전』은 신해혁명시기의 농촌생활을 제재로 하여 이 시기 중국 농촌의 생활상을 다룬 작품이다. 이 소설에서 노신은 아Q의 운명을 비극적으로 묘사함과 동시에 중국민족의 우매한 근성을 지적하고, 이러한 국민성을 각성시키려 한다. 중국민족을 절망적으로 그리고 있으며, 중국민족이 나아가야 할 길을 예견하고 짓눌린 자의 모습을 집요하게 그려내고 있다.

아Q의 이미지는 반식민지, 반봉건적인 사회, 더구나 신해혁명을 성공적으로 이끌어가지 못하는 타성의 사회에서, 사명감도 목적의식도 없으면서 부질없이 혁명의 소용돌이에 휘말려, 마침내는 무기력하고 비겁한 노예근성으로 돌아가 그 최후를 공허하게 끝마치는,

하나의 사회적 산물이다. 소설 속의 아Q의 성격은 풍부하고 다양하며 다혈질이다. 그는 자존심이 매우 강할 뿐만 아니라 보수적이며 우매하고 무지하다. 그러나 아Q의 성격을 관통하는 지배적인 관념의 흐름은 '정신 승리법'이다. 노신이 아Q를 통하여 예술상의 '정신 승리법'을 끌어낸 것은 심각한 현실적 의의와 깊은 역사적 의의를 내포하고 있다. 다시 말해, 공허한 영웅주의와 무력한 패배주의에 빠져 자국의 현실을 직시하지 못하고 자기만족에 젖어 있으며, 민족적 위기 속에 살면서도 대국의식을 버리지 못하고, 물질생활의 군데군데마다 실패를 경험하면서도 정신적인 만족에 현실을 외면해 버리는 청나라 정부에 대한 조소와 비난을 내포하고 있는 것이다.

아편전쟁 이후 문호를 개방한 청나라 정부는, 조정의 위엄을 계속 유지하고 허영과 거만한 욕구를 채우기 위해 그들의 실패를 변명하고 감추면서 봉건 통치를 더욱 강화해 나갔다. 이러한 상류사회의 기풍이 반봉건, 반식민지의 중국사회에 만연되어 여러 가지 문제를 일으키게 된다. 즉, 실제로는 모든 것에 패하였으면서도 정신적인 승리에 만족하는 기풍이 하나의 국민성으로 인정되었고, 노신은 이러한 국민성을 철저하게 증오한 나머지 아Q라는 인물을 내세워 신랄하게 비판한 것이다.

이러한 아Q의 '정신 승리법'은 중국 민족의 치욕을 망각하고, 병을 앓으면서도 의사를 기피하며, 남의 뒤를 따라 공연히 뇌동하고, 약자에겐 잔인하고 강자에겐 아첨하며, 자신의 책임을 남에게 미루고, 지난날의 영광을 과장해 환상에 젖어 있는 자기만족에 대한 냉혹한 힐책이다. 특히, 마지막 아Q의 처형 장면에는 노신의 자기 민족에 대한 노여움과 분노와 쓸쓸한 동정 같은 우울한 심경이 고스란히 담겨 있다.

신문학의 성과를 보다 풍성하게 해 준『아Q정전』은 중국 현대문학사에서 매우 중대한 의의를 지닌다.『아Q정전』은 현대 중국의 리얼리즘 문학의 기초가 되었을 뿐만 아니라 세계문학영역에서도 일정한 위치를 점하는 성과작이다.

광인일기

『광인일기』는 어느 날 밤 달을 보고 '이제까지 30년 이상이나 전혀 제정신이 아니었다'는 것을 깨닫게 되는 '광인'의 각성으로 시작된다. 유교 이념이 지배하는 봉건사회에서의 이러한 각성은 '광기'의 시작이라고 해석할 수 있다. 광인의 눈에 비친 사회는 모든 인간이 서로 잡아먹으려 드는 모습이었다. 그는 4천 년에 걸친 중국 봉건사회의 역사책 속에서도 '식인(食人)'이라는 두 글자가 끊임없이 행간에 숨어 있었음을 발견하게 된다. '사람을 잡아먹는다'는 것은 하나의 통렬한 비유로, 광인의 눈을 통하여 본 중국사회가 그처럼 헤어날 길 없는 구조적 병폐에 갇힌 암흑세계였다는 것을 노신은 매우 은유적인 필치로 묘사한 것이다.

광인은 이미 봉건제두에 길들어 버린 '정상적'인 사람이 아닌, 혹독한 봉건치하에서도 의식을 가지고 반항하는 사람을 일컫는다. 그는 대담하게 전통적 봉건주의의 모든 것들을 철저히 부정하면서, 봉건사회는 '사람을 잡아먹는 사회'라는 극단적인 결론을 내린다. 본문에서 여러 차례 반복되는 '무슨 일이나 연구해야만 분명해진다'는 구절을 통해 볼 때, '광인'이 실제로는 매우 실사구시적이고 과학적인 태도를 지니고 있으며, 봉건적인 전통관념과 인습에 매여 있는 사람들을 통렬히 비판, 계몽하려 하고 있음을 알 수 있다.

글 후반부에 이르러서 그는, '장래에 식인종은 이 세상에서 용납되지 못한다'는 것과 참다운 사람들에 의해 식인종들이 소멸하리라는 것을 인식하고, 사람을 잡아먹는 현상이 없는 사회를 건립하고 사람을 잡아먹지 않는 참다운 사람이 되어야 한다는 주장을 펼친다. 이것이 바로 광인의 이상이며, 그는 이를 위하여 사람을 잡아먹는 자들, 특히 그의 가장 가까운 형에게 이러한 이상을 권유하는 방식을 채용한다. 마지막으로, 그는 자기 자신도 은연중에 식인을, 특히 자신의 누이동생을 잡아먹었을지도 모른다는 생각에서, '아이

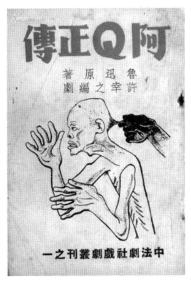

「아Q정전」

『광인일기』

들을 구원하라'고 외치며 사람을 잡아먹은 적 없는 새로운 세대들에게 희망을 걸어 본다.

이러한 외침이 비록 무력할지라도, 이는 미래에 대한 광인의 희망을 반영하고 있다는 것을 알 수 있으며, 이 점에서 광인은 계몽자로, 식인종과 혁명가 사이에 존재하는 중간자로 해석될 수 있다.

눌함과 방황

노신의 『눌함』과 『방황』은 현대적 리얼리즘의 초석이 된 작품이다. 중국문학에 있어 리얼리즘의 역사가 오래되었다는 점은 누구도 부인할 수 없으며, 이런 유구한 역사를 가진 리얼리즘 전통의 가장 뛰어난 계승자가 바로 노신이다. 그러나 그의 리얼리즘은 이전의 고전적 리얼리즘과는 차이가 있다. 노신의 소설은 예술의 방법상으로도 성숙한 리얼리즘 경지에 이르렀을 뿐 아니라, 현대적 의식으로 현대의 삶을 관조하고 있다. 이 때문에 그를 현대적 리얼리즘의 창조자라고도 한다.

노신은 처음에 계몽주의 시각에서 중국의 사회적 현실을 관찰하였다. 이 때문에 그가 가장 먼저 주의를 기울인 것이 인간의 정신상태였으며, 중국민족의 사상적 약점을 매우 날카롭게 포착해 냈다. 그것은 바로 노신이 이야기한 허위, 자아도취, 의타성, 적당주의로 가득 찬 '어리석고 나약한 국민성'이다. 노신은 중국을 변혁시키는 데 있어 가장 주의를 기울여야 할 것이 국민성의 개조작업이며, 이것이 바로 사회진보의 관건이 되는 문제라고 인식하고 있었다.

노신의 소설은 가장 빼어난 리얼리즘 정신을 담고 있다. 그는 현실을 직시할 것을 주창하였다. 노신의 소설은 신해혁명에서 5·4혁명에 이르기까지의 중국사회의 현실을 정확하고 진실하게 묘사하고 있으며, 피와 눈물로 점철된 많은 비극적인 삶을 그려내고 있다. 노신은 그의 뛰어난 리얼리즘 정신으로 사회생활 속에서 나타나는 여러 가지 문제점을 집중적으로 그려 냈다. 그의 문학 목적이 사회개량을 위한 것이었기에 많은 '사회소설'을 썼다. 따라서 1907년 이후 중국에 소개되기 시작한 리얼리즘은 5·4혁명을 거쳐 1920년대 중반에 이르면서 노신의 창작으로 실제적 결실을 보게 되었다.

『눌함』 　　　　　 『방황』

성숙한 리얼리즘 문학

노신은 현대적 리얼리즘의 확립에 공헌했을 뿐만 아니라 리얼리즘 예술의 창작이란 면에서도 탁월한 업적을 남겼다. 동시에 그는 새로운 형식인 현대단편소설의 정착 과정에서도 가장 뛰어난 개척자였다. 이에 우리는 노신을 중국 현대소설의 아버지라고 부른다.

노신은 소설의 제재 면에서 가장 뛰어난 개척자였다. 그는 현대 중국사회의 삶에서 중요한 작용을 하는 농민과 지식인을 현대문학의 창작 영역 속으로 끌어들였다. 노신의 소설은 '아Q', '광인', '공을기' 등과 같은 현대문학사상 가장 뛰어난 전형적인 인물을 만들어 냈다. 노신이 만들어 낸 이런 인물들은 모두 시대의 공통성과 개성의 조화를 이루고 있으며, 그들의 사상과 성격에서는 복잡한 사회관계 속에서의 새로운 출로를 보여 주고 있다. 이것이 노신 소설이 이루어 낸 리얼리즘 예술방법의 가장 탁월한 업적이라고 할 수 있다.

노신의 소설은 생활 모습을 객관적으로 묘사하고 있으며, 세밀한 곳에 이르기까지 진실성을 갖도록 많은 주의를 기울이고 있다. 이처럼 사실과 현실에 입각한 정밀하고 상세한 묘사를 추구하였기에, 노신의 소설 속에는 당시의 풍속과 습관 등에 관련하여 신뢰할 만한 기록들이 많이 실려 있다. 이러한 기록들은 모두 시대적 가치성을 지니고 있어 노신의 리얼리즘 문학관 형성에 매우 중요한 작용을 하였다. 이러한 사실에 입각한 정밀한 묘사와 전형인물의 성공 때문에 노신의 소설은 리얼리즘 예술로서 탁월한 업적을 남긴 것으로 평가되고 있다.

노신의 후기의 삶

노신의 후기 삶은 일반적으로 1927년 4·12정변을 경계로 시작된다. 노신은 4·12정변으로 중산대학을 사직했다. 노신은 체포된 학생들을 구하고자 각 과 주임교수에게 협조를 간청했으나, 학교 간부들은 중산대학은 국민당이 만든 대학이므로 무조건 당의 지시를 따라야 한다는 이유로 협조를 거부했다.

이에 격분한 노신과 서광평은 교직을 그만두고 비밀리에 광주를 탈출하여 상해로 갔다. 상해에서 첫 아들 주해영(周海嬰)을 얻었다. 해영(海嬰)이란 상해에서 태어난 아이란 뜻이다. 이때부터 ㄱ가 죽을 때까지 9년간 상해를 근거지로 활동했다.

이 시기의 노신은 사상적인 면에서도 변화가 일어나기 시작했다. 점차 마르크스주의로 기울기 시작한 것이다. 혁명가와 반혁명가가 계속하여 서로 죽고 죽이는 권력투쟁의 반복은 노신을 격분케 했다.

상해는 대부분 외국의 조계지
여서 국민당의 지배가 크게 미치
지 못했다. 노신은 친공산당에
속한 곽말약, 욱달부, 노사, 정영,
파금 등과 자주 교류하였다. 그
러나 당시 노신은 좌경화되기는
하였지만, 완전히 공산당의 당원
으로 활동하지는 않았다. 그런
입장에서 노신은 사실 철저한 공
산당원인 곽말약과는 그리 사이

가 좋지 않았다. 그는 공산주의의 지향 목표와 자신의 이상을 동일
시하지 않았다. 노신은 1930년 좌익작가동맹에 가입하고 나서도
항상 무산자 독재에 대하여 경계했다.

노신은 상해 시절에 숨어서 여러 가지 필명으로 많은 글을 쓰고
작품집을 냈다. 1936년 3월 노신은 병이 들어서도 창작활동을 계
속했다. 그리고 9월에는 자기 죽음을 예고라도 하듯이 『죽음』이라
는 작품을 썼다. 이후 10월 19일 56세를 일기로 영면했다. 1957년,
노신의 묘는 그가 살던 집 부근에 있는 상해의 홍구공원(지금의 노
신공원)에 이장되었다.

후기의 작품에 담긴
노신의 사상과 경향

1926년 3월 18일 봉건군벌의 친일외교에 항의하는 학생시위대에 발포하여 '3·18참안'이 발생하였다. 이에 국민당은 상당수의 지식인에 대한 체포령을 내렸고, 노신도 여기에 포함되어 도피생활을 하게 되었다. 이 시기는 전 중국에 국민혁명의 파도가 거세게 밀어닥친 시기로 노신도 '혁명'의 문제와, 그 속에서의 '문학'의 문제에 관해 많은 관심을 보였다.

노신은 혁명은 문학에 영향을 주며, 문학의 색채를 변하게 하는 것은 소혁명이 아니라 대혁명이라고 강조하였다. 여기서 말하는 문학의 색채까지 변하게 하는 대혁명이란 정치체제나 이데올로기의 변혁까지를 포함하는 문자 그대로 총체적인 대변혁을 의미한다고 볼 수 있다. 이는 결국 노동자와 농민이 해방된 소비에트 러시아와 같은 유형의 체제와 이데올로기 변혁까지를 수반한 혁명이라 할 수 있다.

1924년 말부터 10월 혁명 이후의 러시아의 문예상황과 문예이론에 주의를 기울이고 있던 노신은 서서히 마르크스주의 문예이론에 다가갔다. 이는 작가적 호기심도 있었겠으나 자신의 사상적 방황에 대한 새로운 출구를 모색해 보고자 하는 시도였던 것으로 보인다.

마르크스주의에 입각한 문예이론을 흡수하고 계급론적 관점에서 문학을 인식하기 시작한 노신은 1930년 이후 이러한 입장을 표출하기 시작하였다. 이러한 과정에서 '인성이란 무엇인가', '문학은 이를 어떻게 다루어야 하는가', '계급성과 인성은 어떤 관계가 있는가', '계급성과 인성이 대립적인 개념일 경우 문학은 이를 어떻게 형상화해야 하는가' 등에 대한 문제를 고민하며 나름대로 논리적 체계를 구축하고자 노력하였다. 여기서 주목할 부분이 바로 문학의 계급성을 강조하였다는 점이다. 계급성에 대한 강조는 한 걸음 나아가서 문학의 계급성을 강조하게 되었고, 더 나아가 문학의 사회적 기능으로서 현실과 투쟁하는 문학, 혁명에 복무하는 문예라는 인식으로 확장되었다. 노신이 단지 문학의 계급성만을 강조한 것이 아니라, 문학의 예술성과 작가의 독창적인 창작방법을 간과하지 않고 이들의 자율성을 존중하고 있음을 알 수 있다. 이러한 사상의 변화는 그의 후기 작품에 고스란히 녹아 있다.

노신의 잡문

"문장은 짧아도 많은 생각을 쥐어짜서 그것을 정예의 일격으로 단련시켜 낸 것."

잡문은 산문의 한 형식으로, 일정한 체계나 문장 형식에 구애받지 않고 되는 대로 쓴 글을 말한다. 대체로 지은이의 감정이나 사상이 꾸밈없이 드러나 있는 글의 형식이다.

노신은 소설 창작으로 중국 문단에 등장했지만, 실제로 그가 남겨 놓은 글은 대부분 잡문의 형

노신의 『잡문집』

식을 띠고 있다. 노신의 글은 표면적인 뜻을 이해하기도 쉽지 않은데, 그 속에 감추어진 의미까지 찾아내 읽어야 하므로 어렵다. 노신은 스스로 자신의 잡문을 두고, "문장은 짧아도 많은 생각을 쥐어짜서 그것을 정예의 일격으로 단련시켜 낸 것"이라고 말한 바 있다.

『신청년』지의 수감록에 시대 상황에 대한 비판적인 글들이 백화문으로 실리기 시작했고, 이 글들이 잡문이라는 새로운 문예 형식으로 자리 잡았다. 노신은 자신의 「차개정잡문이집 후기」에서, "내가 『신청년』에 수감록을 쓴 이후, 이 문집의 마지막 편을 쓰기까지 18년이 지났는데, 그중 잡문만 해도 80만 자가량 된다……"라고 말했듯이, 매우 많은 잡문을 창작했으며, 이 잡문들은 『무덤』, 『열풍』, 『화개집』, 『이이집』, 『차개정잡문』 등에 수록되어 있다.

『화개집』　　　　　『분!무덤』　　　　　『이이집』

노신의 초기 잡문과 『신청년』에 게재되었던 잡문들은 『열풍』, 『무덤』에 수록되어 있다.

- 『화개집』: 주로 북경여자사범대 사건을 중심으로 현대문학파와 갑인파 등의 수구파와 벌인 논쟁 수록
- 『화개집 속편』: 북경과 하문에 있을 때 쓴 잡문으로, 3·18참안을 저지른 단기서 군벌정부의 만행과 일본 제국주의의 침략적 본성을 폭로, 비판하는 내용이 주류
- 『이이집』: 4·12정변이 일어난 해에 쓴 잡문들. "눈물도 마르고 피도 다했다. 도살자들은 소요에 소요를 거듭하고 온갖 칼들을 모두 사용하지만, 우리에게는 잡문이 있을 뿐"(머리말 중에서)
- 『야초』: 산문시집으로, 5·4운동의 열기가 식기 시작하고 신문화운동 대오에 분열이 일어나는 시기에 노신의 암울한 정서 반영(이 산문시집의 제목은 5·4퇴조기와 군벌 정부의 탄압 속에서도 꺾이지 않고 생명력을 유지해 가는 들풀과 같은 대중의 전투정신 의미)

이처럼 전반기 잡문은 대체로 진화론에 기초를 두고 봉건윤리와 예교의 폐단을 폭로하고 비판하는 혁명 정신과 과학과 민주를 요구하는 사상이 주류를 이루고 있다.

노신의 후반기 잡문들은 1928~1936년에 쓰인 작품들로, 1927년 4·12정변과 1931년 만주사변의 발생과 같은 시대 상황은 시사성 잡문의 수요를 증폭시켰다. 노신 외에도 노신의 영향을 받은 작가들의 잡문이 대량 발표되었다. 이 시기의 노신의 잡문은 『이심집』, 『남강북조집』, 『위자유서』, 『준풍월담』, 『하벽문학』, 『차개정잡문』 등에 실려 있다. 특히 1927년 4·12정변 이후부터 1929년 사이의 잡

문은 『이이집』과 『삼한집』에 수록되어 있다. 『이이집』은 장개석의 4・12정변 이후 목격한 일들을 기록한 것이고, 『삼한집』은 문예논쟁과 관련된 일들을 기록한 것이다.

노신 후기 잡문은 제국주의의 침략과 국민당의 매국적 행위를 비판하고 폭로한 작품이 많고, 시대에 역행하는 작가들 또는 문학사단과 벌인 논쟁 내용을 담고 있는 작품도 많이 있다.

문학 in

5・4신문화운동

19세기 말에서 20세기 초 전통시대를 마감하고 새로운 사상과 가치관을 받아들인 청년지식인들이 대거 등장했다. 이 시기 수많은 지식 청년들은 반제・반봉건의 구호 아래 새로운 문학사상을 주창했다. 그들은 실용주의와 진화론을 믿으며 중국이 변화되어야 한다고 주장하였다. 곽말약, 노신 등은 이 시기의 대표적인 작가 인물들이다. 이들은 모두 중국의 전통문화와 봉건사회에 대한 비판적인 태도에서 출발해, 과학과 민주라는 새로운 가치를 근거로 하여 모든 가치평가의 기준을 새로이 건립하고자 헌신하면서 5・4신문화운동을 이끌었다. 전통문학에 대한 총체적 부정과 비판의 태도를 분명히 밝히면서 '낡은 것을 부정하고 새로운 것을 건설한다'는 정신에 근거하여 문학의 근본적 변혁을 실현하고자 하였다.

이처럼 중국 현대문학의 탄생은 격렬한 문학이론들을 지향하면서 진행된 창조적 계몽운동의 결과이다. 이러한 배경에서 태어난 문학을 5・4 신문학이라 하는데, 반전통에 입각한 인간의 발견이라는 계몽주의적 성격이 분명히 드러나 있다.

4 · 12정변

당시 중국의 정세는 1926년 7월부터 장개석을 총사령으로 국공합작에 의한 북벌이 시작되었다. 그러나 1927년 1월 국민당 내의 좌파와 공산당이 무한 정부를 수립하자 국민당 우파와 장개석은 무한 정부에 대립하였다. 같은 해 3월 장개석은 상해에 도착하여 4월 12일 이른 새벽 노동자 조직을 습격하여 노동자와 공산당원 5천 명을 학살하고, 4월 18일 국민당 내의 우파를 중심으로 남경 정부를 수립했다. 그 후 공산당원 및 동조자에 대한 체포와 학살이 개시되었다.

국공합작의 붕괴에 따라 공산당은 농촌으로 활동의 근거지를 옮겼고, 국민당은 좌우로 분열되어 북벌이 중단되었다. 그러나 1927년 장개석의 북벌이 재개되어 6월에 북경을 점령하였고, 1928년 말에는 동북 군벌 장학량이 만주 전역을 이끌고 국민당 정부에 합류하여 신해혁명 후의 분열은 해소되었다. 그사이 북경에서는 장학량의 아버지인 장작림 군벌이 좌익과 자유주의파를 탄압하여 공산당 지도자인 이대조 등이 처형되었다.

2강

곽말약(郭沫若)

"신 중국은 5 · 4시대의 혁명정신으로"

곽말약의 삶

곽말약의 본명은 개정(開貞)이며, 호는 상무(尚武)다. 필명은 곽정당(郭鼎堂) 외 다수가 있으며, 말약(沫若)이라는 이름은 1919년 『시사신보』의 부간인 『학등』에 신시를 발표할 때부터 사용하였다.

그는 1892년 11월 16일 사천성 낙산현(樂山縣) 사만진(沙灣鎭)에서 지주 겸 상인이었던 부친 곽조패(郭朝沛)와 모친 두요정(杜邀貞)의 자녀 중 여덟째로 태어났다. 그는 비교적 진보적인 가정의 영향으로 고전문화의 분위기와 서방의 민주적 자유성을 배웠다. 1912년 성도중학을 졸업하고 1914년 일본에 유학을 간 그는 그곳에서 의학을 전공하였으며, 1923년에는 규슈제국대학에서 의학사 학위를 취득하였다. 그러나 고향에서 17세 때 앓았던 장티푸스 후유증으로 청력이 약해져 청진(聽診) 등의 기본 의술을 시행할 수 없음을 깨닫고 의학을 중도에 포기하고 문학으로 인생의 방향을 전환하였다.

1921년 성방오·육달부·장자평 등과 함께 문학단체인 창조사 (創造社)를 결성하고, 1923년 귀국해서 『창조주보』, 『창조일』 등의 편집 작업에 참여하며 두 번째 시집 『시공』을 출판하였다. '예술을 위한 예술', '예술지상주의'를 주장하고 유미주의 문학을 추구하였던 곽말약은 1924년 일본인 가와카미 하지메의 『사회조직과 사회혁명』이라는 책을 번역하면서 마르크스주의 이론을 배우게 되었다. 그리고 이는 그의 세계관에 큰 변화를 가져왔다.

1925년 5·30사건 당시 중국노동자와 학생들을 중심으로 중국 민족이 보여준 제국주의자와 매판자본가들에 대한 저항운동 역시 그의 사상변화에 큰 영향을 미쳤다. 1927년 4월 12일 장개석이 상해에서 무수한 공산당원과 대중을 학살하였는데, 이에 몹시 분개한 곽말약은 장개석을 타도하는 글을 『중앙일보』에 발표하였고, 이것은 당시 중국민들에게 커다란 영향을 주었다.

이후 그는 주은래의 소개로 중국 공산당에 가입하였다. 그해 제1차 국내 혁명전쟁의 실패로 국민당의 체포령을 피해 일본으로 건너갔다. 그는 이때부터 10년간 일본에서 망명생활을 하였다. 10여 년의 일본 망명 시절은 작품 창작활동보다는 고대 역사와 문자학 방면의 학술적인 업적으로 중국문화사에 큰 자취를 남기는 계기가 되었다. 그 10년간 그는 중국의 고문자학과 고대사회사를 연구하여 중국 누예사회의 존재를 논증하였으며, 기타 학술 연구 분야에서도 커다란 성과를 거두었다. 1937년 항일 전쟁이 발발하자 곽말약은 귀국하여 국민정부의 군사위원회 정치부에 있으면서 항전문화사업을 지도하였다.

1949년 7월에는 전국 문학예술공작자 대표회의에서 전국 문화

예술계 연합회의 주석으로 선출되었고, 10월에는 정무원 부총리, 과학원 원장 등에 임명되었다. 곽말약은 문화대혁명 시기에 사인방에 의해 비판받을 위기에 처했을 때도 모택동의 보호와 도움으로 무사히 고비를 넘길 수 있었으며, 평소 주은래와의 관계도 매우 좋은 편이었다. 정치·문화계의 여러 요직을 두루 역임하였던 그는 사망하기 전까지 중국 과학원 원장에 유임하고 있었으며, 1978년에 지병인 폐렴이 악화하여 세상을 떠났다.

시집 여신(女神)

봉황열반

서곡

섣달 그믐날 밤이 다가오는 하늘에
이리저리 날아가는 봉황새 한 쌍
슬픈 노래를 부르며 날아갔다가
향나무 가지들을 입에 문 채 날아와
단혈산 위로 날아오네

산 오른쪽엔 시들어 메마른 오동나무
산 왼쪽엔 말라버린 샘물
산 앞쪽엔 아득히 넓은 큰 바다
산 뒤쪽엔 그늘 무성한 평원
산 위는 찬바람 매서운 얼음 하늘

하늘엔 어둠 짙어가고
향나무는 높이 쌓였네
봉(鳳)은 이미 날다 지쳤고
황(凰)도 이미 날다 지쳐
그들의 죽을 때가 머지않았네

봉이 향나무를 쪼니
불티가 반짝이며 튀어 날리네
황이 불꽃을 부채질하니
향나무 연기 뭉게뭉게 피어오르네

봉이 또다시 쪼고
황도 또다시 부채질하니
산 위의 향나무 연기 널리 흩어지고
산 위의 불빛은 가득 차네

밤빛은 이미 깊어졌고
향나무는 이미 타 버렸고
봉은 이미 쪼기에 지쳤고
황도 이미 부채질에 지쳤으며
그들의 죽을 때가 이미 가까웠다네

아아
슬프디슬픈 봉황
봉이 춤추기 시작하네, 오르내리며
황이 노래 부르네, 비장하게
봉은 또다시 춤추고
황은 또다시 노래하는데
한 무리 뭇새들
하늘 밖에서 날아와 화장(火葬)하는 것을 구경하네

곽말약의 대표작 중 하나에 속하는 이 시는, 향나무를 모아다가
불을 피워 스스로 타 죽고, 다시 재 속에서 살아난다는 신비스러운
새 피닉스(Phoenix, 鳳凰)에 관한 고대 전설에서 소재를 취하여 쓴

작품이다. 작가는 이 시에서, 봉황이 죽었다가 다시 부활하는 내용의 전설을 사용하여 구시대의 중국과 시인 자신의 옛 자아가 소멸하였다가 다시 새로운 중국과 시인의 새로운 자아로 탄생하는 것을 상징해 내었다. 중국의 이상적인 미래를 추구하는 '5·4' 시대의 혁명정신이 잘 드러나 있는 이 시는 발표 당시 많은 반향을 불러일으켰다.

지구 가장자리에 서서 큰소리로 외치노라

> 무수한 흰 구름들 공중에서 성난 듯 용솟음치고 있네
> 아아! 참으로 웅장하고 아름다운 북극해야 정경이여
> 끝없는 태평양은 그 온몸의 힘을 다해 지구를 밀어 넘어뜨리려 하네
> 아아! 내 눈앞으로 끊임없이 밀려오는 큰 파도여
> 아아! 끊임없는 파괴, 끊임없는 창조, 끊임없는 노력이여
> 아아! 힘이여! 힘이여!
> 힘의 그림, 힘의 무용, 힘의 음악, 힘의 시가(詩歌), 힘의 멜로디여!

시인은 눈앞에서 도도히 굽이쳐 오는 파도를 찬양하며, 5·4의 위대한 물결을 찬양하며, 동시에 낡은 세상을 무너뜨리고 새로운 세상을 창조하려는 자아의 노력에 대해서도 찬양하고 있다. 시인이 느끼는 파도는 하나의 그림이며, 춤이며, 음악이며, 시이며, 리듬이다. 그리고 그것은 마치 지구를 밀어 넘어뜨리려는 듯한 위대한 힘을 가지고 있다. 이 작품은 매우 짧은 시이지만, 전체적으로 힘이 넘친다. 자유체 시의 영향을 받은 이 시는, 낭만주의적 수법이 사용되었고, 구속받지 않고 힘차게 뿜어 나오는 거침없는 문장의 기세를 지니고 있다. 또한, 전반적으로 감탄사가 많이 사용되어, 시인

의 격양된 정서를 느끼게 해 준다.

별이 총총한 하늘

아, 가물거리며 깜박이는 별들이여!
그대들에게 있는 것은 선홍빛 피의 흔적
깨끗하고 맑은 눈물의 결정
그대들의 그 가련한 그윽한 빛 속에
얼마나 무겁고도 깊은 고민이 담겨 있는지!

나는 화살 맞은 기러기 한 마리를 보았다
아, 그는 상처 입은 용사
그가 이 망망한 모래밭에 드러누웠을 때
저 반짝거리는 그윽한 빛을 올려다보면서
또한 끝없는 안위함을 받았으리

눈으로 볼 수 없는 나의 스승이여!
나는 그대의 정신을 본받으려 노력하네
나의 눈물을, 나의 진심을 엮어
쉽게 썩을 옥구슬 걸이로 만들어
받들고 와서 그대 발아래 나의 정성을 바치리

이 시는 5·4의 퇴조기에 쓰인 작품으로, 5·4운동의 거센 물
결이 한 차례 지나간 후에도 여전히 남은 어두운 현실의 고통과 상
처, 인생의 고민, 고독 등과 함께 애국적인 정열로 위대한 정신과
기상을 발휘했던 시대의 선구자들을 향해 위로와 존경을 표현하고
있는 작품이다. 이 시는, 시대적 고민을 안고 방황했던 조국의 동
포와 형제들에게 하나의 개별적인 작품으로서의 메시지와 위로를
주고자 한 작가의 마음이 담겨 있다.

곽말약의 시 세계

　곽말약은 5·4운동 당시의 젊은이들이 가졌던 시대정신을 시집 『여신』을 통해 발표했고, 민주주의 혁명정신 아래 문학과 사회와 시대를 연결하였다. 『여신』은 자유체시 창작에서의 성공으로 중국 시가사에서 독특한 지위를 확립하였으며, 이후 신시 작가들의 신시 창작 학습을 위한 교과서가 되었다. 그리고 낭만주의 창작방법의 성공적인 운용으로 낭만주의 시풍을 개척하여 중국 신시의 낭만주의 발전에 심원한 영향을 미쳤다. 『여신』의 낭만주의는 국내외 낭만주의의 일반적인 특징을 지니고 있지만, 특히 혁명시대가 부여하는 혁신적인 내용을 선명하게 나타내었다.

　『여신』에서 혁명적 이상주의는 주로 자아와 결합한 반역적 영웅 형상을 통해 표현되었다. 그것은 우주의 중심에 자리한 우주의 주재자로서 서구 낭만주의 문학에서와 같은 일반적 개인이 아니라, 5·4

시대의 선진적 청년 지식인의 전형이자 인민혁명 이상의 화신이었다. 이러한 전형은 5 · 4 이전의 시가나 다른 장르의 문학작품에서는 찾아볼 수 없었을 뿐만 아니라 동시대 시인들의 작품에서도 별로 부각된 적이 없는 것으로, 시대적 특징을 가늠하는 하나의 새로운 형상이었다. 『여신』에서 이상주의는 항상 자연과 역사, 신화와 전설의 제재를 통해 표현되었다.

『여신』에서는 아름다운 언어, 선명한 색채, 특이한 과장 등을 통해 혁명적 격정이 마치 폭발하는 화산이나 범람하는 강물처럼 표현되었다. 이러한 표현은 바로 이 시집에서 늠름하고 웅장하며, 개방적이고 자유분방하며, 우렁차고 활달한 낭만주의 풍격을 형성하여 중국 시가의 폭을 확장하였으며, 중국 시가의 격조를 드높여 새로운 시대의 역량을 나타내었다.

『여신』의 주요 시편인 봉황열반은 상징수법을 활용하여 중국의 부활을 상징하고 있다. 기타 시에 등장하는 '태양'이나 '나' 그리고 파괴와 창조의 '힘'도 모두 명확한 상징적 의의를 지닌다. 과장은 대개 감정의 과장과 형상의 과장 그리고 의경(意境)의 과장으로 표현되었다. 시가 창작에서의 이러한 예술수법의 성공적인 활용 또한 일종의 창시적 의의를 지닌다.

시집 『여신』의 낭만주의 창작방법은 결코 중국 내외의 낭만주의를 기계적으로 운용한 것이 아니라, 새로운 시대와 현실을 표현하기 위하여 중국 내외의 낭만주의의 기틀을 모범으로 삼아 발전적으로 계승한 새로운 창조로 볼 수 있다. 그것은 혁명적 낭만주의 시풍의 시작이었고, 이후 낭만주의 시인들에게 깊고 거대한 영향을 미쳤다. 『여신』은 신시 시기의 여러 성공적 시인들, 즉 '침종사'의 풍지와 '신월사'의 문일다·서지마 등과 같은 시인들에게도 뚜렷하게 영향을 주었다. 더욱 주의를 기울일 것은 『여신』의 영향이 시가로부터 소설·희극 등 각종 문학예술 장르로 확대되어 갔다는 점이다.

곽말약의 소설과 희곡

곽말약은 5·4 시기를 전후하여 사극『탁문군(卓文君)』,『왕소군(王昭君)』,『섭앵(燮嫈)』등을 창작하였다. 1925년에 이 세 극본을 묶은 희곡집『세 반역 여성(三個叛逆的女性)』을 출판하였다. 곽말약 사극의 중요한 특징의 하나는 옛것을 오늘의 현실에 맞게 받아들인다는 점이다. 사극 창작에서 역사적 현실을 재현시키면서도 결코 그 역사적 사실을 다시 되풀이하지 않았다. 그의 극본을 보면, 곽말약은 역사 사실에 대한 기존 명제에 구애되지 않고 상상의 나래를 펼쳐 대담하게 구상하고 역사적 인물들의 성격을 묘사함으로써 풍부하고 생동감 있는 예술 형상을 부각시켰다.

『탁문군(卓文君)』과『왕소군(王昭君)』은 둘 다 1923년에 창작된 것으로 탁문군과 왕소군은 봉건 예교와 억압에 반항하고 인격을 소중히 여기며 일체의 권위와 우상을 멸시하는 그런 억센 성격의 소유자들이다. 이런 봉건예교에 항거한 반역 여성을 묘사한 것은 바로 5·4기의 반제, 반봉건의 정신을 선양하기 위해서였다. 사극 『섭앵(聶嫈)』은 5·30사건 후에 쓴 것으로 전국 시대의 자객이던 섭정이 엄수를 도와 한나라의 매국노 협루를 죽인 역사적 사실을 제재로 하였다.

곽말약은 또한 적지 않은 소설을 발표하였다. 1919년에 『금강산 애화(牧羊哀話)』를 발표하였는데, 이 소설에서는 일제가 조선을 강점한 후 한 조선여성이 당한 비극적 사실을 통하여 망국노가 되기를 원치 않는 조선인의 형상을 보여주었다. 또한, 이를 통하여 곽말약 자신의 애국주의 사상을 강렬하게 표출하였다.

소설희곡집 『탑』에 수록된 7편의 작품은 그가 1923년과 1924년 두 해 사이에 창작한 것이다. 이 작품들은 대부분이 옛일을 썼거나 타향 생활의 정취를 반영한 작품들이다. 그리고 이 작품집에는 소매치기와 같은 현실적이며 또한 적극적 의미가 있는 생활을 반영한 작품이 들어 있다. 이 작품들에서는 풍자와 과장적 수법으로 인물 형상을 더욱 깊이 있게 부각시키고 있다.

소설 산문집 『감람나무』 중의 『방랑삼부작』과 『어려운 행로』 등은 그가 지난날의 생활을 묘사한 자서전적 소설이다. 이런 작품들에서는 자신을 주요한 인물로 내세워 자기의 과거를 깊이 있게 해부하고 있으며 동시에 불합리한 구사회의 제도를 폭로, 규탄하고 있다. 『방랑삼부작』은 『기로』, 『연옥』, 『십자가』 등 세 편의 단편소설로 구성되었으며, 이 세 작품은 그 내용상에서 연속성을 가지고 있다. 이 3부작에서는 곽말약의 생활과 사상정서의 변화를 주저 없이 털어놓고 묘사하였다. 여기서 당시 소자산계급 지식인이었던 그가 어떻게 평탄치 않은 길을 걸었으며, 그 과정에서 어떻게 사회를 인식하고 반항과 사회개혁의 길로 나아갔는가를 역력히 볼 수 있다.

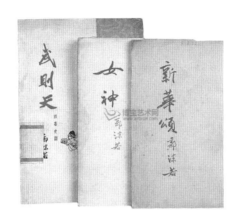

문학 in

문학연구회와 창조사

문학연구회는 1921년에 주작인·정진탁·왕통조·모순 등을 중심으로 하여 북경에서 창립되었다. 이는 『신청년』이 없어진 이후 최초의 문학단체이다. 문학연구회는 세계문학을 연구 소개하고 중국 구문학을 정리하며 신문을 창조하는 것을 종지로 삼았다. 또한, 이들은 신문학의 창조를 위하여 '인생을 위한 문학'과 '리얼리즘 문학'을 추구하였다. 그들은 문학은 '인생을 위한 것'으로서 현재 살고 있는 현실을 바탕으로 하여 문학에 반영해야 한다는 인생의 문제와 관련지어 창작하는 것을 주로 삼았다. 문학연구회가 처음부터 이러한 특정한 주장을 표방한 것은 아니며, 처음에는 문학자끼리의 이익단체로 출발했다. 그러나 문이재도의 봉건적 문학과 문학을 유희로 보는 원앙호접파의 문학관에 크게 반발하였으며, 전체적으로 리얼리즘적 색채가 농후하여 동시대의 낭만주의를 내세우는 창조사(創造社)와 대립하며 발전하였다. 모순이 편집하던 『소설월보』가 기관지였으며, 그 밖에 『문학주보』 등을 간행하였다. 1920년 말에 문학연구회는 없어졌지만, 이러한 리얼리즘적 영향을 받은 작가가 많았으며, 특히 정령·노사·파금 등이 유명하다.

창조사는 5·4운동의 영향을 받아 1921년 동경에서 설립된 중국 신문학단체다. 일본에서 유학했던 곽말약·욱달부·성방오 등이 주축이 되어 '예술을 위한 예술'을 기치로 내걸고 문학작품과 이론을 대량으로 번역·소개했다. 1929년 국민당 정부에 의해 해산되기 전까지 『창조』, 『창조주보』, 『창조월간』 등의 잡지를 발간하며 활동했다.

초기에 이들은 봉건주의와 자본주의적 사회와 인생에 대한 불만을 표출하면서, 문학을 통하여 새로운 세계와 새로운 사회에 대한 희망과 추구를 창조해내고자 하였다. 이들은 자신들이 처한 시대를 사실적으로 그려내고자 했으며, 방황하는 청년들에게 '인생이란 무엇인가'에 대한 해답을 제시하고자 했다. 그러나 이들은 문학에서 유미주의와 자아 표현주의, 그리고 '예술을 위한 예술'을 표방하여 현실과 괴리되는 문학을 창작하였다는 비판을 받기도 하였다.

1927년 이후 곽말약을 위시한 창조사 성원들은 마르크스주의에 입각하여 문학의 계급성을 내걸고 '혁명문학'의 노선을 걸었다. 이들은 '예술을 위한 예술'을 혁명적 낭만주의로 대치시켰다. 1927년 4월 곽말약은 상해에 들어와 노신과 함께 종간된 『창조주보』를 복간하려 했지만, 성방오가 노신의 영입을 반대하여 실패하였다. 창조사는 중국 최초로 마르크스 문학이론을 수용한 문학단체가 되었다. 이후 창조사는 지나치게 좌경화를 표방하여 예술이 정치로 대체되는 극좌적 편향의 문학론과 작품들을 수장하였다.

3강

빙심(氷心)

"교육받지 못한 여성들을 계몽하고,

아이들에겐 꿈과 희망을"

빙심의 삶

    빙심은 1900년 10월 5일 출생하여 1999년 2월 28일까지 거의 백 년을 살다 간 중국의 현대 아동문학가이다. 복건성 사람으로 본명은 사완영(謝婉瑩)이며, 필명은 빙심(氷心)이다. 어린 시절부터 고전소설과 번역 작품들을 많이 접했으며, 1914년에 교회에서 운영하는 북경의 패만(貝滿)여자중학에 다녔다.

    1919년에는 협화여자대학 예과에 들어가 5·4신문화운동에 참가하였으며, 처녀작 『두 가정(兩个家庭)』으로 문단에 등단한 뒤, 『초인(超人)』, 『조국을 떠나(去國)』 등을 발표했다. 1921년에는 '문학연구회'에 가입하여 『뭇별(繁星)』, 『봄물(春水)』을 출판하는 등 그의 창작활동은 더욱 활기를 띠었다.

    1923년에는 미국에 유학하여 문학을 연구하는 한편, 계속 작품을 써서 『소설월보』에 기고하였다. 특히, 이국의 풍물을 아동들에게 소개하는『어린 독자에게(奇小讀者)』를 연재물로 보내와서 아동문학가로서의 재능을 보여주었다. 이 산문집에서 빙심은 완곡하고 함축적이며 수려하고 유창한 창작특징을 남김없이 과시했다. 이런 독특한 충격으로 하여 '빙심체'란 이미지를 세웠고 큰 반향을 불러일으켰다. 귀국 후에는 북경대학과 청화대학의 여자문리학원에서 강의하면서 창작활동을 계속했다.

1929년에 사회학자인 오문조(吳文澡)와 결혼하였으며, 1949년에는 남편과 함께 일본 도쿄대학의 초청으로 교환교수를 지내기도 했다. 1951년에 귀국한 후에는 새로운 중국에서 문예계와 여성계의 지도적 인물로 바쁜 나날을 보냈다. 전인대(전국인민대표대회) 대표 등으로 국사에 관여하고 각국을 돌면서 세계인들과 돈독한 우호를 맺는 친선 사절로도 활동했다. 1966년 문화대혁명 초기에는 가택이 압수수색을 당하고 본인도 비판을 당하는 등 수난을 당하기도 했다. 그럼에도 불구하고 그녀는 90세가 넘도록 글을 쓰는 노익장을 과시함으로써 사후에도 중국 현대문학의 대모로 칭송받고 있다.

빙심의 문제소설

두 가정

빙심은 사촌의 도움으로 『신청년』, 『신조』 같은 잡지들을 볼 수 있었는데, 이들 잡지에 실린 학생들의 글을 읽다가 자기도 지금까지 보고 들어온 사회의 문제를 소설로 써 보는 게 어떨까 하는 생각에서 써본 작품이다. 그러나 자신이 없었기 때문에 『신보(晨報)』 지상에 처음으로 『두 가정』을 발표하면서 필명으로 빙심을 사용하기 시작하였다.

이 소설은 제목 그대로 두 가정을 대비한 것이다. 두 가정의 남편들은 함께 영국 유학을 다녀와서 취업한 상태였다. 두 사람 모두 유학 시절에는 귀국하면 국가를 위해 무언가를 하겠다고 다짐한 열혈 청년이었지만 막상 귀국하여 관계(官界)에 들어가 보니 하릴

없이 시간만 축내는 신세가 되었다. 이후 한 사람은 신식 교육을 받은 아내와 함께 책도 번역하고 아이 교육도 제대로 하면서 소위 문명화된 가정생활 속에서 행복을 느낀다. 반면 구식 관료 집안의 규수를 아내로 맞이한 다른 한 사람은 불행한 가정생활 끝에 술에 빠져 생활하다가 폐병으로 죽는다. 아내는 아이 교육이고 살림이고 모두 팽개치고 날마다 연회니 마작이니 하면서 돌아다니고, 이를 말리는 남편에게 '여권을 존중하지 않는다', '불평등하다'는 불평만 늘어놓았다. 그래서 가정에 낙이 없어 바깥으로 나돌다가 건강을 해치는 내용을 다루고 있다.

이 소설은 빙심의 계몽의식을 의도적으로 깊이 드러낸 작품이다. 그는 앞서 발표한 여학생이 명심해야 할 내용을 담은 잡문에서도 (여권, 평등 같은) 중국의 국정에 맞지 않는 구호를 입으로만 부르짖을 것이 아니라 가정위생이라든가 여성의 직업 같은 실용적인 문제를 제기하여 교육받지 못한 여성들을 계몽해야 하며 가정개량이 중요하다고 주장한다. 이 소설은 바로 빙심이 생각하는바 새 시대의 견인차가 되어야 할 지식 여성들의 소명으로 문명화된 가정생활을 이끌어 가는 일을 전면에 내세운 것이다.

홀로 애태우는 사람

이 소설은 남경에 유학 중인 두 형제가 5·4애국운동 때 학생회 간부로 활동하다가 천진에서 관료로 있던 부친에게 발각되어 집에 불려 와, 질타를 당하고, 학교도 중도에 그만두고, 부친에 의해 사무원 자리에 들어가게 되어 낙담한 모습을 그린 것이다. 형제는 국민의 일원으로서 애국운동에 동참하는 것이 당연한 일이라고 주장하지만, 부친은 노발대발한다. 일본이 독일 수중에서 청도를 빼앗을 때 중국은 중립국이었으니 청도는 일본 것이나 다름없다고 말한다. 그리고 일본의 차관을 얻어 쓰고 있으니 학생들의 거동은 은혜를 원수로 갚는 일이라는 게 부친의 지론이었다.

보수적인 가장의 폭력적인 권위에 눌려 암흑과도 같은 가정에 태어난 처지에 눈물짓는 형제의 모습은 애국운동에 참여했던 대다수 학생이 겪었음 직한 일이다. 그렇기에 빙심의 소설은 청년 학생들의 심금을 강하게 울렸다. 소설이 발표된 지 석 달 만인 다음 해 1월 초에 이 작품이 학생극단에 의해 연극작품으로 상연되어 호평을 받은 것을 보아도 이 소설의 영향력을 알 수가 있다.

초인

초인의 주인공 하빈은 냉정하고 고독한 젊은 지식인이다. 우연한 기회에 병든 아이 녹아(祿兒)의 신음에서 어머니의 사랑을 떠올리고, 녹아에게 치료비를 건넨다. 그 후 하빈은 감사의 꽃바구니와 함께 사람의 마음을 움직이는 진실한 편지를 받고 잊고 있었던 자신의 옛 모습을 되찾는다. 소설의 마지막에서 "이 세상의 어머니들은 모두 다 좋은 친구이고 또 그분들의 아들들도 역시 모두 좋은 친구이며, 서로가 모두 연관된 것이다. 따라서 서로가 떨쳐 버려서는 안 된다"고 하며 인류애와 같은 사랑의 연대감을 확신하며 끝을 맺는다.

이 소설은 주인공 하빈을 통해 '인생은 과연 무엇인가? 인생을 지배하는 것은 사랑인가 아니면 증오인가'라는 당시 청년들에게서 제기된 문제를 가지고 사랑이 증오를 전승한다는 주제를 뛰어나게 표현하였다.

　주인공 하빈은 세상을 저주하지만 이후 사람들을 사랑하는 사람으로 변화된다. 하빈이 얻은 결론은, 세상의 어머니들은 모두 훌륭한 친구이고, 세상의 아들들 또한 모두 훌륭한 친구 사이라는 것이다. 문제를 이처럼 심오하게 제기한 뒤 그것을 사랑으로 해결한 『초인』은 문단의 주목을 받았으며, 이를 모방한 작품까지도 나오게 되었다.

빙심의 산문

어린 독자에게

　빙심의『어린 독자에게(奇小讀者)』는 서신체 산문이다. 빙심의 산문 가운데 가장 영향력 있는 작품인『어린 독자에게』는 1923년에서 1926년 사이에 쓴 것이다. 이 시기 작가는 미국에 유학 중이었다. 고국을 떠나 이국에서 여행하던 작가의 느낌과 견문을 어린 친구와 마음을 터놓고 이야기하듯이 쓴 것이기 때문에 '어린 독자에게'라고 제목을 붙였다. 이 작품은 중국 현대문학사에서 최초의 아동문학이라고 말할 수 있다.

　『어린 독자에게』는 고향을 생각하고 나라를 사랑하는 정이 가득하다. 이러한 감정은 어머니의 사랑, 동심(童心), 자연에 대한 노래와 회상을 통해 전달된다. 이 글은 두 부분으로 나뉜다. 전반부는 여행 도중 일본의 고베에서 쓴 글로서, 작가가 상해에서 정기 여객선을 타고 조국을 떠난 뒤의 심정을 기술하고 있다. 어렸을 때의 추억을 떠올리며 어머니를 그리워하게 된다. 후반부는 그로부터 두 달 뒤인 미국의 웨이빙호수(Lake Waban)에서 쓴 것이다.

어머니의 사랑과 동심 그리고 자연, 이 세 가지는 빙심의 산문 중에 함께 융화되어 깊고 두터운 감정과 심각한 철리를 포함하고 있다. 이에 모순은, 어린 친구들에게 보낸『어린 독자에게』는 사실 '나이는 어리지만 어른스러운' 어린 친구나, '여전히 동심이 남아 있는' 어른들이 읽어야 참맛을 느낄 수 있다'고 말한다.

빙심의 산문은 풍격상 슬프고 여리며 처량한 표현이 많은 것이 특징이다. 그래서 그녀의 산문을 읽으면 언제나 어기가 부드러워지고, 감정이 섬세해지며, 담담한 우수가 느껴진다.『어린 독자에게』는 문장이 우아하고 아름다우며, 묘사가 매우 자연스럽다. 작가 자신도 '나의 작품 가운데 이 책의 문장이 가장 자유스러우며…'라고 말한다. 이렇게 보면 작가는 여전히 질박한 아름다움을 추구했다는 사실을 알 수 있다.

빙심체

빙심은 의사의 꿈을 키우며 익학 공부를 하던 대학 1학년 때 5·4운동을 경험하게 되면서 인생의 새로운 전환점을 맞는다. 당시 지식인의 한 명으로서 5·4운동을 통해 중국사회에 산적한 문제들에 대해 고민하며 여러 문학 작품을 접하다 소설에도 철학이 있음을 깨닫고, 구습에 젖어 있는 중국 내부의 부패성을 신소설을 통해

알리고 계몽시키고자 하였다. 즉, 빙심은 계몽사상을 바탕으로 한 문학관을 가지고 '문제소설'을 썼다. 소설의 형식상의 특징인 청신하고 명료한 문체, 즉 '빙심체'를 창출했고, 이것은 그녀의 서정적 문학기풍과 한데 어울려져 서정의 초기 성격도 내포하게 된다.

문제소설은 청신하고 부드러운 백화문의 유창함과 문언문의 응축성을 내포한 개성적인 문체와 시인의 의경을 바탕으로 한 서정적인 소설충격이 한데 어우러져 중국 현대소설에서 중요한 위치를 차지하게 된다. '문제소설'에 나타난 주인공들의 유약한 모습은 그들이 암담한 현실에 부딪혔을 때 좌절하고 번뇌하며 죽음의 상황까지도 이르는 등 비극적인 결말을 갖게 된다. 또한, 문제의 해결방법으로 소설에서 '사랑의 철학'을 제시하며, 점차 문제소설의 흥성기를 갖게 되고, 중국문학사적 측면에서 보면 1921년 결성된 문학연구회의 '인생을 위한 문학'이라는 문학기풍의 토대를 마련해주게 된다. 빙심의 문제소설은 새로운 문학사조라고 말할 수 있을 뿐 아니라, 전통적인 소설의 형식과 내용에서 벗어나 현대소설로 넘어가는 중요한 다리 역할을 하여 중국 소설사에서 중요한 위치를 차지하고 있다고 할 수 있다.

빙심은 예술적 개성이 독특한 여성작가이다. 중국 건국 이전에 창작된 소설에 나타난 그녀의 예술적 개성은 크게 세 가지로 볼 수 있다.

첫째, 온유하고 친근한 감정을 지니고 있다. 항상 화해적인 태도와 개량적인 해결방식을 채택하여 모순을 철저히 해결하려고 하지 않았기 때문에 첨예한 사회문제들도 크게 두드러지거나 놀랍기보다는 매끈하고 부드럽게 표현되었다. 그리고 여성 특유의 친근하고 세밀하고 완곡하고 정취 있는 어투로 서술되어 모든 독자와의 거리감을 없앴다.

둘째, 어느 정도의 우울한 색조를 띠고 있다. 국가와 민족의 운명에 대한 관심과 사색, 인민의 불행에 대한 동정과 반영은 그녀의 창작에서 기본적인 출발점이다. 그러나 그녀의 생활경력과 사상수준 때문에 깊고 유익한 사색을 보여주고는 있지만, 항상 정확한 해답을 찾지 못하였고, 따라서 마음속 깊이 동정했던 주인공을 위해 실제에 부합하고 실행 가능한 출로를 제시해 줄 수가 없었다.

셋째, 깔끔하고 의미 깊은 문학 언어를 사용하고 있다. 백화의 어휘와 어법을 골간으로 삼아 일종의 백화문의 유창함과 문언문의 응축성을 아울러 지닌 독특한 문학 언어를 창조하였다. 당시 독자들은 이를 '빙심체'라 찬양해 주었다.

『어린 독자에게』

『빙심체』

4강

호적(胡適)

"문제를 보다 많이 연구하고,
주의를 보다 적게 말하라"

호적의 삶

　호적의 본명은 호홍신이며 자를 적지(適之)라고 하였다. 호적의
아버지는 안휘성 적계(績溪) 출신의 학자 겸 관리였는데, 호적이 3
세 때 세상을 떠났다. 그의 어머니는 교육을 받지 못했지만, 호적
의 교육에 큰 관심을 보였다. 호적이 학업을 시작했을 때 중국의
전통적인 교육방식은 경직되어 하나의 의식으로 굳어졌고, 실생활
및 유용한 지식습득과는 거리가 멀었다. 4세의 호적이 학업을 시작
했던 1895년에는 서구학문의 수용이 본격적으로 이루어지지 않았
다. 1906년 양계초와 다윈의 글들을 다독하였는데, 이는 호적이 점
진주의자가 되는 데 큰 영향을 주었다.

　1904년 호적은 신식 교육을 받기 위해 상해로 갔다. 상해의 신식
학당에 입학한 후, 1910년 장학금을 받아 미국으로 건너가 뉴욕주
이타카에 있는 코넬대학에서 농학과 철학을 전공했다.

1914년 코넬대학을 졸업한 뒤 컬럼비아대학에서 철학자 존 듀이에게 가르침을 받으며, 듀이의 프래그머티즘(실용주의) 철학을 전수받았다. 듀이의 철학은 절대 진리의 탐구를 억제하고 특정 상황 속에서 유효하게 기능을 발휘하는 것을 진리로 받아들일 것을 권장했다. 듀이는 인간은 '결과의 검증'을 거친 것 이외에는 아무것도 믿지 말아야 한다고 주장했다. 듀이의 철학은 호적에게 지대한 영향을 주었으며, 호적의 이성적·회의적·자유주의적 성향과 일치하는 것으로서 자신의 조국 중국을 오랜 전통에 대한 맹종으로부터 해방시킬 수 있는 수단이 되었다.

1917년 호적은 듀이의 지도로 박사논문을 완성하고 중국으로 돌아와, 1917년 북경대학의 교수로 취임했다. 1917년 초 진독수가 창간한 문학 계몽지 『신청년』에 호적의 글 「문학개량추의(文學改良芻議)」가 발표되었다. 이 글로 호적은 백화운동의 기수가 되어 살아 있는 새로운 문학을 제창하였고, 문학혁명운동의 도화선이 되었다.

1918년 그가 쓴 시들은 1920년 『상시집(嘗試集)』이라는 제목으로 출판되었는데, 백화로 쓴 이 작품은 새로운 문학의 효시였다. 그 뒤를 이어 새로운 형태의 단편소설·에세이·희곡 및 근대 유럽문학의 번역물들이 쏟아져 나왔다. 전통 보수주의자들의 반발에도 불구하고 백화문학은 빠르게 번져나갔다. 1922년 중국 정부는 마침내 백화를 표준어로 선포했다. 그러나 문학혁명은 정체에 빠진 전통가치관을 겨냥한 폭넓은 운동의 한 단면에 불과했다. 중국의 전통문화를 재평가하기 위해 호적은 듀이의 실용주의적 방법론을 도입해야 한다고 역설했다.

1919년 7월 20일 호적이 「문제를 보다 많이 연구하고 주의를 보다 적게 말하라(多研究問題少談主義)」는 논문을 발표하여 좌파 지식인들에게 도전장을 내밀자 좌·우 파의 분열이 공공연해졌다. 호적은 냉정과 반성에 바탕을 둔 실험적 방법의 실행 가능성을 확신하고, 정치의 점진적 발전과 개인문제의 개인적 해결을 주장했다. 이같은 입장 때문에 호적은 공산당에는 원수가 되었고, 국민당과의 관계도 원만하지 못했다.

1937년 중일전쟁이 발발하자 호적과 국민정부 사이에 합의가 이루어졌다. 1938 ~42년에 호적은 주미  중국대사를 역임했고, 1945년에는 북경대학교 총장이 되었다. 1949년 중국에 공산당 정부가 수립되자, 호적은 뉴욕에 살면서 1957년에 대만 정부의 국제연합(UN) 주재 대사를 역임했다. 1958년 대만으로 돌아와 국립중앙연구원의 원장직에 취임했고, 1962년 2월 24일 저녁 중앙연구원 회의 중 심장병으로 대만에서 생을 마감하였다.

호적의 문학 작품

일념(一念)

나는 태양의 주변을 맴도는 지구, 너를 비웃는다, 하루 동안 단 한
번을 돌 수 있을 뿐이므로
나는 지구를 맴도는 달, 너를 비웃는다, 언제까지나 영원토록 둥
글 수 없으므로
나는 수천수만의 크고 작은 별, 너를 비웃는다, 언제까지나 자신
의 궤도를 벗어날 수 없으므로
나는 일 초에 오십만 리를 가는 전기, 너를 비웃는다, 내 작은 마
음속 일념을 따라올 수 없으므로!
이 내 맘의 일념
텅 빈 대나무 속으로부터, 홀연히 대나무 끝에 도달하고
홀연히 혁정강(赫貞江) 위에, 홀연히 개약호(凱約湖)에 이른다
내가 만약 진정으로 뼈를 깎듯 생각에 빠진다면, 일 분에 지구를
삼천만 번 돌 수도 있을 것이다!

당시 봉건적 전통과 인습을 타파하고 새로운 중국을 만드는 방안으로 호적이 서구적 민주주의를 모델로 하여 설정했던 이상적 모델은 중국 내에서는 거의 실현될 수 없는 것이었다. 자본주의적 생산과 사회관계를 조건으로 하는 그의 정치적 이상은, 수천 년간 지속하여 온 농업 중심의 사회관계가 근본적으로 변화하지 않고 있던 중국의 현실과는 너무 동떨어진 것이었기 때문이다. 따라서 복잡하게 얽혀 있는 중국의 현실 문제를 해결하기 위한 각종 방안은 어차피 변화를 지향하는 지식인들 사이에서만 논의될 수밖에 없었으며 가장 보편적인 화제는 과학과 민주였다. 앞의 시 '일념'에 등장하는 자연 과학적인 언술들은 이 시대의 지적 경향을 단적으로 보여준다고 할 수 있다.

재난을 만난 별 하나

푹푹 찐다!
바람 한 점도 없이!
가늘고 가벼운 저 자귀나무는
움직이려 해도 움직일 수 없다!

문득 큰 별 하나가 나와
우리는 서늘한 밤이 되었음을 알았다
여전히 무덥고, 바람도 없었지만
우리 마음만은 초조하지 않았다

갑자기 커다란 먹구름 덩이가
맑고 차갑게 반짝이던 그 별 주위로 몰려들었다
그 구름은 갈수록 커져
별도 뚫고 나올 수가 없었다!

먹구름은 점점 커지고,
온 하늘의 밝은 놀을 덮어버리고,
한바탕 바람이 불어와
주먹만 한 빗방울이 떨어졌다!

큰비가 내린 후
온 하늘의 별들이 빛을 발했다
그 큰 별을 그들은 환영했고
모두 함께 말했다, "세상은 더욱 밝아졌어요!"

이 작품에서 더운 날씨는 어둡고 침울한 시대를 비유한 것이며, 시원한 바람은 새로운 사상을 비유한 것이다. 검은 구름은 반동적인 정부 당국을 비유한 것이며, 큰 별은 새로운 사조의 국민공보를 비유한 것이다. 하지만 이 같은 비유는 광명은 반드시 암흑을 물리친다는 단순한 이치를 설명하기 위해 동원된 것일 뿐이다. 결국, 독자들에게 단순하고 생경하며 짜 맞춘 듯한 느낌을 줄 뿐 정감과 이미지가 혼연일치 된 아름다움을 느끼게 하지는 못했다. 아이러니하게도 전통 시와의 단절을 요구하는 호적의 시론은 논의의 핵심이라 할 수 있는 백화의 사용과 현대시의 형식 창출에서까지 전통에 의존하는 모습을 보이고 있다.

인력거꾼

"인력거! 인력거!" 인력거가 날듯이 달려왔다.
인력거꾼을 본 손님은 문득 마음이 아팠다.
손님이 인력거꾼에게 물었다, "넌 올해 몇 살이지? 인력거를 몬지는 얼마나 되나?"
인력거꾼이 말했다, "올해 열여섯 살입니다요. 삼 년간 몰았습죠,

조금도 염려 마십쇼.”

손님이 인력거꾼에게 말했다, “네가 너무 어려서 너의 인력거를 탈 수가 없구나, 내가 너의 인력거를 타게 되면 내 마음이 편치 않을 것 같다.”

인력거꾼이 손님에게 말했다, “저는 반나절이나 장사를 못 해, 춥고 배고픕니다. 나리의 인정이 제 주린 배를 채워주지는 못합니다요. 저는 어려서부터 인력거를 끌었지만, 경찰은 아무런 상관도 하지 않았는데, 나리께서는 뉘신지요?”

손님은 고개를 끄덕이며 인력거에 오르며 말했다.

“내무부 서쪽으로 가자.”

차부뚜오 선생

“세상만사란 차부뚜오면 돼, 뭘 그리 따지고 산단 말인가?”

소설 『차부뚜오 선생(差不多先生)』 속의 주인공 차부뚜오 선생은 따지길 싫어한다는 점이 특징이다. 그는 늘 말한다. “세상만사란 차부뚜오면 돼, 뭘 그리 따지고 산단 말인가?” 그래서 그에게는 모든 것이 별 차이가 없었다. 십자와 천자는 한 획 차이뿐이므로 마구 섞어서 썼으며, 흰 설탕과 흑 설탕은 다 같은 설탕이므로 차이가 있을 수 없었다. 한번은 차부뚜오 선생이 상해에 가기 위해 북경역에 갔다. 기차는 8시 30분에 출발하는 것이었다. 그러나 2분이 늦었기 때문에 기차는 이미 떠나고 없었다. 그는 단 2분을 기다려주지 않고 정시에 출발한 기관사를 이해할 수 없었다. “이런, 30분이나 32분이나 차부뚜오인데, 내일 가지 뭐, 오늘 가나 내일 가나 차부뚜오 아닌가?”

차부뚜오 선생이 급한 병에 걸려 목숨이 경각에 달리게 되었다. 하인이 불러온 의사는 불행하게도 의사가 아니라 수의사였다. 그래도 그에게는 다 같은 의사였으므로 별 차이가 없었다. 결국, 그는 죽게 되었다. 가쁜 숨을 몰아쉬면서 말한다. "하기야 죽는 것과 사는 것도 차부뚜오 아닌가." 그가 죽은 후 사람들은 차부뚜오 선생을 흠모하고 그의 명성은 더욱 널리 퍼졌다. 더욱 많은 사람이 차부뚜오 선생을 인생의 사표로 삼았다. 그로부터 중국인은 차부뚜오 공화국의 국민이 되었다.

문학개량추의

① 모름지기 말(글)에는 내용이 있어야 한다

중국 근세문학의 큰 병폐는 말에 내용이 없다는 것이다. 여기서 말하는 내용은 옛사람들의 문이재도(文以載道)를 말하는 것은 아니고 문학의 혼이라 할 감정과 이상을 포괄하는 사상을 말하는 것이다.

② 옛사람을 모방하지 마라

문학은 시대에 따라 변천하는 것이라 시대마다 그 시대의 문학이 있다. 이것은 문명진화의 공리이다. 따라서 모든 시대는 각기 그 시대의 풍조에 따른 특징이 있기 마련이다. 이것을 역사 진화의 안목으로 본다면, 결코 옛사람들의 문학이 모두 오늘날 사람들의 문학보다 낮다고 할 수는 없으니, 오늘의 중국에선 오늘날의 문학을 창조하여야 한다.

③ 모름지기 문법에 맞아야 한다

오늘날 시문을 짓는 사람들이 문법에 맞지 않게 짓는 경우가 많아 뜻이 통하지 않게 된다.

④ 병(病) 없이 신음하지 마라

오늘날의 젊은이들은 지는 해를 보면 만년을 생각하고, 가을바람을 대하면 영락을 생각하며, 봄이 오면 오직 그 빨리 감을 두려워하는데, 이것은 망국의 슬픈 소리이다. 이러한 글은 작품의 수명도 단축하고 독자의 지기도 소침하게 한다.

⑤ 힘써 낡은 글투를 버려야 한다

오늘날 학자들은 몇 개의 글투를 외곤 시인이라 하는데 그런 사람들이 쓴 시문은 곳곳이 낡은 글투이다. 그래서 중국에 사이비 시문이 많이 생겨난 것이니 병폐를 구제하려면 각자가 몸소 체험한 사물들을 모두 자신의 글로 형용해야 한다.

⑥ 전고(典故)를 쓰지 마라

전고에는 옛사람들이 비유한 바가 일반적인 뜻을 가져 아직도 효용이 있는 고인의 말 인용 등 써도 그만 안 써도 그만인 전고가 있고, 문인이나 시인들이 자기의 말을 만들어 표현하지 못하고 정실하지 못한 고사를 끌어내 대신 표현해 과거에 얼버무리는, 쓰지 말아야 할 전고가 있는데, 이러한 전고 사용의 병폐는 독자로 하여금 비유로 표현한 본디의 뜻을 깨닫지 못하게 하는 데 있다.

⑦ 대구(對句)를 중시하지 마라

대구는 고대의 글 곧 노자나 공자의 글에서도 자연스럽게 나타난다. 그러나 오늘날 내용 없는 표현을 하여 형식에 치우쳤고 자유를 지나치게 속박하여 좋은 작품이 적다.

⑧ 속자나 속어를 피하지 마라

중국의 말과 글은 자고로 백화와 문언으로 나뉘어 발달해 왔는데, 불경이 수입되면서 역자들은 문언으로는 그 뜻을 전달할 수 없다 하여 백화에 가까운 쉬운 글로 번역하였고, 오늘날 안목으로 봤을 때 문학이 가장 흥성했다 할 수 있는 원대엔 백화의 통속문학이 유행하였으니, 역사진화의 안목으로 본다면 백화문학이 정통이다. 그러므로 시문을 지을 땐 마땅히 속어와 속자를 사용해야 한다.

호적의 실용주의

  호적은 진독수와 함께 문자 혁명의 선봉장이었다. 그는 1917년 1월에 『신청년』에 기고한 칼럼을 통해 문자 혁명을 제창하는 일종의 선언을 공표했고, 이후 전국적인 명성을 드날리면서 '중국 문자 혁명의 아버지'라는 타이틀을 획득하기까지 했다. 1919년 이후 사회주의 사상이 본격적으로 확산되기 시작했지만, 사실 신문화운동 시기에 유력했던 또 하나의 사조로 실용주의(Pragmatism)를 들 수 있다.

  이 시기 중국에서의 실용주의 사조를 대표하는 호적은 미국 컬럼비아대학 유학 시절 실용주의 철학자이자 교육가인 존 듀이로부터 큰 영향을 받았고, 귀국 후에는 문자 혁명의 제창 이외에도 서구의 자유민주주의와 합리주의, 과학적 사고방식을 전면적으로 도입할 것을 주장했다. 이에 따라 그를 전면적인 서구화를 주장하는 사람이라 부르기도 한다.

　존 듀이로부터 영향을 받은 호적의 실용주의는, 보다 현실적이고 구체적인 문제를 해결하는 데 몰두하고, 이념이나 주의(ism)에 대해서는 가능한 한 적게 이야기할 것이라는 주장으로 대표된다. 철학을 포함한 인간의 모든 지적 활동은 세계를 보다 나은 방향으로 개선해 나가는 데 도움을 주는 일종의 도구가 되어야 한다는 것이다. 결국, 궁극적인 진리나 해결책이란 없으며, 구체적인 문제점을 개선해 나가는 과정만이 의미 있다는 것이다. 그러한 과정을 호적은 '주의 깊게 사실들을 살피고, 가설을 과감하게 세우되, 가설을 검증할 수 있는 증거를 찾는 데 온 힘을 기울여야 한다'는 말로 표현한다.

　이러한 철학적 입장을 취한 호적은 혁명을 통해 사회 문제를 단번에 해결할 수 있다는 입장에 반대했다. 점진적 개혁주의라고 할 수 있는 이러한 호적의 태도에 대해 마르크스주의자들은 당연히 반발했다. 특히, 진독수와 함께 중국 공산당의 태동에 중요한 역할을 했던 이대조는 경제 문제가 해결될 때 다른 사회 문제들도 해결될 수 있음을 주장하면서, 구체적인 문제와 주의(ism)가 결코 동떨어진 것이 아니라고 반박했다. 물질적인 토대가 다른 모든 부문을 결정한다는 마르크스주의의 입장에 충실한 지적이라고 할 수 있다.

　호적은 이에 대해, 주의(ism)의 문제가 중요하다는 점에는 동의하지만, 그것 역시 검증을 거쳐야 할 가설로 간주해야 한다고 반박했다. 간접적이기는 하지만 마르크스주의를 불변의 진리로 간주하는 입장을 비판한 셈이었다. 훨씬 나중의 일이지만, 중국 공산당은 1954년부터 호적을 관념적 부르주아 사상가로 격렬하게 비판하는 운동을 전개하기까지 했다. 심지어 대만으로 옮기지 않고 대륙에 남은 호적의 아들로 하여금 아버지 호적을 비판하는 글을 발표하게 하기도 했다 (호적은 1948년에 미국으로 망명했다가 대만으로 옮겨갔다).

존 듀이가 1919년에 중국을 방문하여 2년 동안 중국 각지를 순회하며 강연함으로써, 실용주의는 중국 사상계에서 유행의 물결을 타게 되었다. 그의 강연 원고들이 해설 및 비평문과 함께 당시 중국의 유력한 신문과 잡지에 실렸다. 호적은 당시의 분위기를 이렇게 말하기도 했다. '중국이 서양과 접촉을 시작한 이래 중국 사상계에 이토록 깊은 영향을 미친 외국인은 없었다.' 듀이가 호적이라는 중국인 제자를 통해 자유주의적 정치와 교육 이념으로 일정한 영향력을 발휘했다고 할 수 있다.

문학 in

신청년

『신청년』은 1915년 진독수의 주편으로 상해에서 창간되었다. 처음에는 『청년잡지』로 출간했으나 제2권부터는 『신청년』으로 이름을 바꾸어 발간하였다. 주로 전근대적 정치, 도덕, 문화의 근간인 유교에 대한 비판과 서구사상의 수용을 사상적 기치로 내세우면서 신문화운동을 주도하였다. 그 결과 전통적인 대가족제도에 대한 비판, 여성해방, 과학과 민주의 가치에 대한 주장, 그리고 대의민주주의, 자유주의, 개인주의, 무정부주의,

마르크스주의 등을 소개함으로써 5 · 4 신문화운동의 정신적 토대를 제공하였다. 창간호에선 진독수가 「청년들에게 고함」이라는 글을 통해 중국의 청년들에게 6가지 희망과 요구를 제시하였다.

1. 자주적이며 비노예적일 것
2. 진보적이며 비퇴영적일 것
3. 진취적이며 비은일적일 것
4. 세계적이며 비쇄국적일 것
5. 실리적이며 비허명적일 것
6. 과학적이며 비사상적일 것

초기에는 자기비판을 선행하고 외래사상을 도입했지만, 창간 3년 뒤부터는 러시아의 사회주의, 공산주의, 노동문제, 무정부주의 등에 보다 치중하였다. 1921년 중국 공산당의 성립 후 공산당의 공식적인 기관지가 되었다.

5강

주자청(朱自淸)

"창작의 주요한 재료는 '상상'뿐이다"

주자청의 삶

주자청은 본명이 자화(自華)이고 자는 패현(佩弦)이며 호는 추실(秋實)이다. 필명은 여첩(余捷), 백향(柏香), 지백(知白) 등이 있다. 중국 현대문학에서 중요한 위치를 차지하는 작가이자 학자이며 애국적인 민주주의 투사이기도 하다. 어린 시절 주자청은 말수가 적고 성격이 침착했으며 자신에 대한 요구가 엄격한 모범생이었다고 한다. 특히, 소설을 좋아하여 문학가로 자청하기도 했으며, 품행과 학업이 모두 뛰어났다.

고도(古都)의 유려한 산천과 농후한 문화 전통은 소년 주자청의 성격 형성에 큰 영향을 주었다. 주자청의 온후한 품성과 자연미에 대한 민감한 감수성, 풍부한 상상력, 다감한 감정 세계는 모두 중국 남방의 양주의 그림 같은 자연, 끓어 넘치는 시정(詩情)과 관련되는 것으로 보인다.

1916년 주자청은 북경대 예과에 입학하게 되고, 그해 말 무종겸 (武鐘謙)과 결혼했다. 이듬해 여름 가정 경제 사정이 악화되자 그는 자기 이름을 자화에서 자청으로 개명하고, 가계 부담을 덜기 위해 한 해 앞당겨 북경대학에 응시하여 철학과에 합격했다.

1919년 주자청은 『신조』사에 가입하면서 시로 문단 활동을 시작 했다. 1920년 북경대학 철학과를 졸업하고 여름부터 5년간은 항주·양주·상해·온주·영파를 비롯한 여러 곳에서 교직에 종사하면서 문필 활동에 주력하였다. 사회 각 계층과의 다양한 접촉이 가능했던 이 시기에 그는 창작에서도 다산(多産)이었다. 장시 「훼멸(毀滅)」 (1923)을 비롯해 수필과 소설 작품들을 여러 편 발표하였지만, 이 시기 그의 대표적인 업적은 역시 시라고 할 수 있다. 바로 이 시기 에 중국 신문학사에서 가장 영향력 있는 단체 중의 하나인 문학연 구회에 가입했다.

시로 문단에 데뷔한 주자청이 수필가의 길을 걷게 된 데는 다음 과 같은 일화가 있다. 1923년 여름 주자청은 유평백과 함께 남경에 서 진회하(秦淮河)를 유람한 후 「진회하」란 제목으로 수필을 각각 한 편씩 쓰자고 약속하였다. 같은 제목의 두 명제 수필이 1924년 1월 『동방잡지』 21호에 동시에 게재되면서 주자청의 수필적 재능 은 두각을 나타내게 되었다. 수필에서 의외의 호응을 얻게 된 주자 청은 이때부터 많은 양의 수필을 쓰게 되었다.

1925년 주자청은 유평백의 추천으로 중국 최고의 명문인 청화대 학에 교수로 취직하게 되었으며, 이때부터 중국 고전문학을 연구하 게 되었다. 1927년에 그는 『연못에 어린 달빛(荷塘月色)』, 『뒷모습(背影)』 등의 작품들을 발표하면서 수필가로서의 위치를 굳혔다. 1928년에는 첫 수필집 『뒷모습』을 출간하여 문단에서 강렬한 반응을 불러일으켰으며, 이 수필집으로 일약 수필 명가들의 반열에 들어서게 되었다.

1931년 8월부터 주자청은 영국에서 유학하면서 유럽 각국을 여행하다가, 1932년 7월 귀국하여 상해에서 진죽은(陳竹隱)과 결혼했다. 9월 학기부터 주자청은 청화대학 중문학부 학부장직을 맡았다.

1948년 6월 18일, 궁핍한 가정환경 속에서 중병을 앓고 있었음에도 그는 미국의 일본 지원 정책에 반대하여 「미국의 일본 지원 정책 반대 및 미국 원조 밀가루 수령 거부 선언서」에 서명함으로써, 애국 지식인의 고매한 품성과 고상한 정조를 보여 주었다. 후일 모택동은 그의 이러한 애국정신과 정신 지조를 높이 평가했다.

오랜 기간 가난과 병고에 시달리던 주자청은 북경 병원에서 수술을 받고 투병 중 1948년 8월 12일 눈을 감으니 향년 51세였다. 서거(逝去) 시 그의 체중은 40kg 미만이었다고 한다.

주자청의 시

그의 시는 언어가 소박하고 현대 구어를 자연스럽게 구사하여 당대 시인 중에서 뛰어난 시인으로 꼽히고 있다. 1919년에 쓴 주자청의 시 「광명」을 오늘의 안목으로 보면 유치한 시에 지나지 않는다. 그러나 이 시가 중국 신시 초창기에 쓰인 점을 고려하면 다른 시들보다도 빼어난 굴지의 작품이라 할 수 있다. 주자청의 시 「광명」은 고시작법에서 완전히 벗어나 전통적인 대구나 음률을 지키지 않고 있으며, 문언문(文言文)을 버리고 백화문(白話文)을 사용하고 있으며, 가설과 문답식의 시작법을 사용하고 있다. 산문적인 시에서 완전히 해탈한 보

「훼멸」

다 훌륭한 시임을 알 수 있다.

1921년 문학연구회가 발족되자 주자청은 회원으로 가입하고자 이듬해 여름 서호를 유람하며 「훼멸(毀滅)」을 썼는데, 246행에 달하는 장시로 1923년 『소설월보』에 발표되어 시단의 주목을 받았다. 그 시의 서문을 보면, '6월에 항주의 호수에서 사흘 밤낮을 유람하였는데 구름이나 연기처럼 허공을 날아갈 것 같은 기분이 들었다. 당시 유혹에 이끌려 훼멸만을 구하다가 무언가 자취를 남기고 싶었다'고 창작 동기를 밝히고 있다.

1920년부터 1925년에 이르기까지 그는 항주·온주·영파·양주 등지의 정강성립중학과 사범학교에서 국어를 가르치면서 틈틈이 시와 산문을 『소설월보』에 발표하여 심안빙·정진탁·엽소균·풍자개 등과도 알게 되었다. 당시에 나온 시집이 『종적』이며, 문학연구회가 발행한 동인시집 『눈 오는 아침』에도 그의 시가 수록되어 있다.

그는 또한 엽소균·유연릉·유평백 등과 중국 신시사를 조직하여 월간 시 전문지 『시』를 중화서국에서 발간하여 서지마·문일다가 주관하는 『신보시전』과 쌍벽을 이루었다. 그러나 1922년부터 시단은 쇠미해져 『시』는 그들이 노력한 보람도 없이 겨우 7기를 출간하고 1923년 5월에 정간되었다.

1924~25년에는 아동서점에서 『우리의 7월』, 『우리의 6월』이라는 무크지를 내었다. 여기엔 문예물 외에도 학술 연구논문과 삽화를 게재하였다. 『우리의 6월』에는 중국 신시사 동인뿐만 아니라 유대백·풍자개·김명약 등이 참여하여 성황을 이루었다. 주자청은 오랜 기간은 아니나 시를 창작하는 기간에 그가 시단에 미친 영향은 매우 컸다.

주자청의 산문

주자청은 중국 현대문학사에서 가장 이름난 산문작가이며, 그가 일구어낸 예술적 성취는 누구도 부정할 수 없을 것이다. 그는 시가와 소설에서도 나름대로 성과를 거두었지만, 산문 창작 방면에서 더욱 큰 성과를 거두었다.

그의 산문은 리얼리즘 원칙에 따라 창작된 것으로, 정론성(政論性) 산문과 자서성(自敍性) 산문, 그리고 풍경을 묘사하거나 서정을 노래하는 미(美)산문 등으로 나눌 수 있다. 그의 정론성 산문은 예리하고 심오하면서 능란한 필법으로 당시의 사회와 인생을 진실하게 기록하고 있어 사실주의적 의미에서 가장 뛰어나다는 평가를 받고

「배영」

있다. 그리고 인생과 사회를 바라보는 진솔하면서도 진지한 태도가 작가로서의 그를 더욱 돋보이게 한다고 말할 수 있다.

뒷모습

북경에서 학교에 다니던 '나'는 할머니의 장례를 치르기 위해 고향으로 돌아가 2년여 만에 아버지를 만나게 된다. 실직을 당한 아버지는 할머니 장례를 치른 후 새 일을 구하기 위해 남경으로 가야 했고, '나'도 북경의 학교로 돌아가야 했다. 아버지와 함께 잠시 남경에 들른 '나'는 아버지와 헤어지는 기차역에서 아버지가 자신을 위해 귤을 사는 것을 지켜보며 아버지의 사랑을 가슴 깊이 느끼게 된다. 그리고 난 후 '나'는 아버지와 한동안 떨어져 지내면서 아버지에 대한 사랑을 그리워하며 편지를 써서 보낸다. 얼마 후 아버지의 답신을 본 '나'는 아버지의 아들 사랑을 확인하고 눈물을 흘린다.

연못에 어린 달빛

달이 휘영청 밝은 한밤중에 '나'는 혼자 몰래 집에서 나와 연못으로 산책하러 나가게 된다. '나'는 달빛에 어린 아름다운 연못의 연꽃과 연잎, 그림자 등을 바라보며 감상에 잠긴다.

작가는 심혈을 기울여 연꽃의 모습을 치밀하게 묘사하였다. 비유의 인·통감 등의 수사법으로 연잎과 연꽃의 형태·색채·향기를 형상적이고 생동적으로 묘사하여 달빛 아래 비친 연못의 정태미를 잘 드러내고 있다.

또한, '나'는 매미와 개구리 소리를 들으며 외로움을 달래 보려 한다. 그러다 문득 채련(采莲)에 대한 생각을 떠올리며 당시를 읊기도 한다. '나'는 강남을 그리워하며 걷다 어느새 집으로 돌아오게 된다.

봄

그는 새로운 봄을 아주 생동감 있게 그려내고 있다. 푸른 들을 바라다보며 포근함을 느끼고, 앞다투어 피는 꽃들을 예쁘게 묘사하고 있다. 또한, 봄바람을 어머니의 손길로 비유하며 부드럽다고 표현한다. 봄비를 반갑게 그리고 있으며, 새로운 봄에 대한 기대와 희망을 표현하고 있다.

'봄'은 아름다운 서경과 서정이 함께 융합된 산문으로, 얼어붙었던 대지에 봄이 찾아와 생기발랄한 모습을 감동적으로 묘사하였다. 봄의 활력이 사람들에게 가져다주는 희망과 역량을 찬미하면서, 자유롭고 광명한 미래에 대한 동경을 표현하였다. 사용된 언어가 간결하고 명쾌하며, 형상이 생동적이어서 산문이지만 강한 리듬감을 느낄 수 있다.

주자청의 서정적 산문

　섬세한 묘사는 그의 창작 표준인 '정교하고 세밀하게 가공'하는 기법에 따라 구체적이고 생동감 있게 표현하는 것이라 하겠다. 이른바 묘사 대상 한 부분 한 부분을 해부하여 분석한 다음 그 하나하나를 관찰할 뿐만 아니라, 시각·청각·취각·미각·촉각을 통함은 물론이고 묘사 대상의 형상·색채·질량·대소·수량·냄새·음색·운동변화 등을 관찰하여 표현하였다.

　이 같은 묘사는 특히 『연못에 어린 달빛』에서 잘 나타나고 있다. 그는 달빛 아래 전개되는 연못의 경치를 전체적으로 통틀어 묘사하지 않고, 우선 달빛을 받은 연못의 경치와 연못에 비추어진 달빛의 경치로 나누어 묘사하고 있다. 전자는 연못의 갖가지 경치에 중점을 두고 달빛을 배경으로 하는 데 반해, 후자는 달빛의 온갖 변화에 중점을 두고 연못을 배경으로 삼고 있다. 그리고 다시 이들을 세부적으로 분해하여 하나하나를 세밀하게 그려내고 있다. 시각이나 청각은 물론 사물의 정태(靜態), 동태(動態) 등 여러 가지 각도에서 그것들의 각종 상황을 묘사하고 있어 그 표현이 아주 세밀해질 수밖에 없다.

풍경을 그린 주자청의 산문은 하나같이 시적 정취를 풍기고 있다. 그의 산문은 정감이 충만하여 감미로운 상상의 나래를 한없이 펼치게 해 준다. 그런데 아름다움이 넘쳐흐르는 감정이 없으면 시가 이루어질 수 없고, 시적인 정취가 풍기는 산문도 이루어질 수 없다. 그는 세밀한 묘사와 감정을 긴밀히 결합하여 시적인 맛을 충만히 나타내고 있다. 객관적인 경치가 그의 예술적 표현을 거치기만 하면 활발하게 생기가 돌고 흥취를 풍기게 된다. 자연의 본질적 풍성함과 인간의 풍부한 감성이 적절히 어울려서 작품은 예술적 매력을 지니게 되는 것이다.

그는 「문예의 진실성」에서 "창작의 주요한 재료는 바로 창작자의 유일한 길잡이인 상상이다. 창작의 과정 중에서 실로 상상 하나만 있을 뿐이다. 여타 감각, 감정 등은 이미 그 속에 융화되어 있다. 상상은 창작 중에서 가장 중요하다"고 한 바와 같이 그는 객관적인 사물에 섬세한 묘사와 풍부한 상상을 적절히 결합하여 시적인 정취를 충만케 하고 있다.

6강

주작인(周作人)

"인도주의를 근본으로 인생의 제 문제에
대하여 기록한다"

주작인의 삶

주작인은 1884년에 태어났다. 자는 계맹(啓孟)으로 나중에 계명 (啓明)으로 바꾸었다. 평생 가장 많이 사용한 필명은 개명(豈明)과 지당(知堂)이다.

그의 형인 주수인(周樹人, 노신)보다 네 살 아래다. 어려서는 마을 서당에서 공부했으며 고문학에 대한 조예는 형 노신에 못지않다. 그는 노신과 마찬가지로 강남수사학당에 다니던 중 일본 유학 시험에 합격하였다. 해군관리, 토목, 법정, 교육 등 다양한 분야를 공부했으며, 그 스스로는 일찍이 자신의 학문을 '잡학'이라고 평하였다.

그는 신해혁명 후 일본에서 귀국하여 절강성 시학(視學)을 역임하였으며, 후에는 성립 제4중학 교사를 역임하였다. 1917년 노신을 따라온 가족이 북경으로 이사하면서 그는 형의 소개로 북경대 문과대 교수가 되었다.

그의 이름이 세상에 알려지게 된 것은 진독수·호적·전현동·유복·노신과 더불어『신청년』지를 통해 신문학을 제창하면서부터이다. 그의 신시「작은 강(小河)」, 산문집『자신의 무대』,『비 내리는 날의 편지』등은 특히 독자들의 사랑을 받았다. 그는 문학연구회 발기인 중의 한 사람인 동시에 노신이 발행한『어사』의 주요 필진의 한 사람으로서 꾸준히 산문을 써서 중국의 대표적인 산문가가 되었다.

그의 사람됨이나 작풍, 정치나 사회에 대한 견해는 형인 노신과는 현저하게 달랐다. 노신을 직선적이라 한다면 주작인은 곡선적이었고, 노신이 공격을 좋아했던 반면 그는 반어(反語)에 능했다. 글에 있어서도 그것은 마찬가지였다. 노신의 표현이 단도직입적인 데 반해 그의 표현은 완곡했으며 어느 정도 우회한 것이었다. 노신이 혁명을 구가한 반면 주작인은 개량의 입장을 취했다.

9·18사변 후 국난에 처한 사람들은 지피지기면 백전백승이란 말을 실증이라도 하려는 듯 다투어 일본 연구에 몰두했다. 그중 주작인이 발표한「일본관규(日本管規)」는 그 분석이 매우 날카롭고 뛰어나다. 아울러 그는 당시 중국의 현상을 세밀하게 관찰, 조야에 팽배한 취생몽사적인 안일한 세태가 명 말과 흡사하며 더는 돌이킬 수 없는 지경까지 이르렀다고 주장했다.

1938년 맹심사가 병사하고, 남아 있던 교수들마저 차례로 북경을 탈출하여 남하한 후에도 주작인만은 끝까지 북경에 남아 있었다. 그는 첫해 겨울방학 때 이미 북경대학의 초빙을 수락했고, 이어서 일제치하에서 북경대 총장, 교육청 독판 등을 역임했다. 그

사실이 일본 신문에 의해 처음으로 보도되자 국민들은 모두 경악을 금치 못했고, 그를 아는 사람들은 한사코 그 사실을 믿으려 들지 않았다. 부인 하부토 노부코가 비록 일본인이었다고는 하지만 주작인의 의지를 좌우할 정도는 아니었다. 그를 아끼는 사람들은 '박학하고 평소 인품이 고매하며 심지가 깊은 개명 선생이 그 같은 행동을 한 데는 분명 무슨 깊은 뜻이 있었을 것'이라고 말했다. 그러나 사실이 명백한 만큼 그를 지지하는 이들도 더는 그를 두둔할 도리가 없었다. 심안빙은 여러 유명작가와 연맹으로 그에게 주는 공개서한을 『항전문예』에 발표, 그의 각성을 촉구했다. 그러나 단 한 번의 실족으로 주작인은 죽을 때까지 자신에게 붙여진 오명을 씻지 못했다.

1962년 일본인인 부인이 세상을 떠나고, 5년 뒤 주작인도 아내의 뒤를 따랐다. 유가족인 1남 2녀 중 요절한 차녀를 제외하고는 모두 가정을 이루어 그는 생전에 손주들을 볼 수 있었다. 문화대혁명 때인 1966년 형수인 허광평은 주작인을 '주양(周揚)의 시녀'라고 비난을 서슴지 않았으나 그녀 역시 이듬해 세상을 떠났다.

주작인과 노신의 관계

노신과 주작인은 후세 사람들에게 많은 글을 남겼지만, 자신의 감성을 직접적으로 토로한 자료는 적다.

노신의 친구 허수상은 노신을 이렇게 묘사하였다.

노신의 몸은 결코 크다고 볼 수 없다. 이마는 넓으면서 광대뼈도 조금 튀어나왔다. 두 눈은 수정처럼 맑은데, 눈빛은 형형하면서도 우울한 빛을 띠고 있어서, 언뜻 보기에도 슬픔이 많고 다정다감한 사람이라는 것을 알 수 있다. 발걸음은 빠르고 박력이 있어 대번에 그가 신경질적인 사람이라는 것을 알 수 있다. …… 그의 관찰은 예민하고도 철저하여, 마치 카메라의 렌즈가 사물을 포착하는 것처럼, 대상이 형체를 숨길 수 없게 한다. 또 그의 기지는 특히 풍부하여, 문장 곳곳에서 그 기지를 발견할 수 있음은 물론이지만, 이야기를 나눌 때는 더욱더 줄기차게 용솟음쳐 나온다. 그의 화술은 확실히 떫은 가운데 단맛을 느끼게 하고, 매운맛 가운데 기름진 맛을 느끼게 한다.

주작인이 사람들에게 준 인상은 또 다른 모습이다.

…… 그는 근시 안경을 끼고 의복을 정갈하게 차려입고, 말도 많지 않았지만, 마치 학자적인 자세를 갖추고 있는 것 같았다……
유방, 『주작인 이야기』

나는 그가 이처럼 여윈 사람일 거라고는 생각도 못 했다. 도수 높은 근시 안경을 끼고, 머리칼이 별로 없었고, 코밑의 한 움큼의 콧수염을 제외하고도 얼굴의 반은 수염 까끄라기로 가득하였다. 안색은 창백했고 말을 할 때는 숨만 내쉴 뿐 기력은 거의 없었는데, 그 말 또한 소흥(紹興) 지방의 방언이었다.
양실추, 『주작인에 관한 기억』

1920년대에 주씨 형제가 번역과 산문·수필로 일세를 풍미할 때, 노신은 사람들에게 우울·침잠·살벌한 인상을 풍겼고, 주작인은 온건·화평·담백한 인상을 주었다. 성격 면에서도 형은 냉정한 측면이 많고 동생은 온화한 측면이 많았다. 노신과 주작인의 강의를 들었던 학생들도 두 사람에 대해 다른 인상을 가지고 있다. 노신은 유머러스하고 풍취가 있으면서도 준엄함을 잃지 않았지만, 주작인은 도수 높은 근시 안경을 끼고 강의안을 읽으면서 학생들이 강의를 듣든 말든 개의치 않았다고 한다.

나이를 따져보면 노신이 주작인보다 4살 많다. 그들 외에도 막냇동생 주건인(周建人)이 있는데 뒤에 과학자가 되었다. 그러나 중국사상사에서 막냇동생은 거의 영향을 미치지 못해서 이른바 "주씨 형제"라고 부를 때 주건인은 여기에 포함되지 않는다.

노신과 주작인의 우애는 어린 시절부터 1923년까지 근 40년 동안 아주 돈독했다. 두 사람의 초년의 일기와 글에서 형제의 우애를 쉽게 발견할 수 있다. 특히, 청소년 시기에 노신은 주작인에게 지대한 영향을 미쳤다. 조숙했던 형이 동생 주작인의 소년 생활에 아주 중요한 역할을 한 셈이었다. 노신은 맏아들이었기 때문에 동생보다 훨씬 많은 일을 떠맡아야 했고 형의 공부가 먼저 시작되었기 때문에, 동생이 그런 형의 영향을 받는 것은 자연스러운 일이었다. 그 후 주작인의 성장과 직업 선택에도 노신은 큰 역할을 하였다. 그는 동생을 남경으로 데려왔고, 다시 일본으로 인도해 갔으며, 뒤에는 소흥으로 함께 돌아왔다. 동생이 북경으로 교편을 잡아 이사갈 때도 형이 많은 힘을 기울였고, 동생은 형의 덕을 많이 보았다. 문단에도 함께 진입하여 5·4신문화를 창도하면서, 함께 성취를 이루어 서로 찬란한 빛을 뿌리며 후세인들을 탄복하게 하였다. 그밖에도 노신은 북경에서 10여 년간에 걸쳐 완성한 『회계군고서잡록』을 주작인의 이름으로 출판하게 하였다. 형제간의 명리나 개인적인 이해득실을 따지지 않았던 정겨운 모습이었다. 주작인이 일본 유학을 마치고 북경으로 온 후에 소흥 회관에서 함께 거주하면서 두 사람은 함께 공부하며 글을 쓰고, 서점에도 함께 가면서 형제간에 화목한 나날을 보냈다.

그러나 두 형제간에 영원히 건널 수 없는 강을 건너는 사건이 발생하게 된다. 그리고 두 형제는 완전히 결별하게 된다. 다음 편지를 보면 둘 사이의 감정이 얼마나 격하였는지를 알 수 있다.

노신(魯迅) 선생에게.
나는 어제 비로소 알게 되었다. 그러나 과거의 일을 다시 거론할 필요는 없다. 나는 기독교 신도는 아니지만, 다행히 견뎌낼 수 있을 것 같고 지금 잘잘못을 따져 책망하고 싶지도 않다. 우리는 모

두 가없은 인간일 뿐이다. 지금까지 내가 꿈꿔 왔던 것은 모두 환
상이었으며 지금 바라보는 것이 바로 진정한 인생이다. 다음부터
다시는 뒷마당에 있는 우리 집에 오지 말아 달라. 다른 말은 필요
없다. 평온하고 자중하길 바란다.

7월 18일,

동생 작인(作人)

　　1923년 7월 18일, 이 편지 이후로 그토록 절친한 혈육지정을 나
누던 의좋던 형제는 형제의 인연을 끊고 각자의 길을 걸어가게 된
다. 과연 무엇이 중국 현대문학 초기 5·4신문화운동의 두 큰 별이
던 노신과 주작인 형제를 갈라놓은 것일까? 이 문제는 중국 현대문
학사 최대의 풀리지 않는 수수께끼로 남아있다.

　　우선 노신이 제수씨 되는 하부토 노부코를 사모하여 몰래 목욕
하는 것을 훔쳐보고 또 남몰래 애정표현을 하다가 주작인이 이 사
실을 알게 되어 회복 불가능한 불화가 생겨났다는 추측이 있다. 또
노신이 장남으로서 가족의 생계를 꾸리기 위해 근검절약, 동분서주
하며 돈을 버는데 제수되는 하부토 노부코가 일본산 고급제품만을
고집하며 낭비를 일삼는가 하면 노신이 조카에게 중국음식을 사줄라
치면 지저분하다고 못 먹게 하는 등 생활습관과 문화적인 차이로 인
한 잦은 갈등이 형제간의 우애에도 금을 가게 했다는 추측도 있다.

　　형제간의 인연을 끊고 각자의 길을 가는 주씨 형제에 대한 평가
는 크게 달라진다. 중국 현대문학의 절반을 차지한다고까지 하며
민족혼으로 불리는 형 노신에 비해, 동생 주작인은 1937년 중일전
쟁 이후 친일파의 길을 걷게 된다. 또한, 1945년 일본이 항복하자
국민당 정부에 의해 매국노로 몰려 감옥살이를 하게 되며, 1949년
신중국 성립 이후에는 노신연구에 관한 자료 정리와 외국문학의

번역과 민속학 연구로 여생을 보낸다.

노신과 주작인 형제의 서로 엇갈린 인생행로는 굴곡진 시대를 살아가야 했던 현대 중국 지식인들의 모습을 잘 반영하고 있다. 형 노신은 시대적 사명과 마주하고 처절한 투쟁의 삶을 살았는가 하면, 동생인 주작인은 시대와 비켜서서 자신만의 독특한 삶의 색채를 지켜갔다. 그래서 노신과 주작인의 불화는 한 가족사적 비극이라기보다는 양립할 수 없는 중국 지식인 사회의 불행으로 비치는 측면이 강하다고 볼 수 있다.

인간의 문학과 평민문학

我们现在应该提倡的新文学，简单地说一句，是"人的文学"。应该排斥的，便是反对的非人的文学。

주작인은 1918년 12월에 『신청년』 잡지에 「인간의 문학」이라는 글을 발표하였다. 이는 호적의 「문학개량추의」와 진독수의 「문학혁명론」의 뒤를 이어 문학혁명을 논술한 중요한 문장이다. 그는 이 글에서 '이러한 인도주의를 근본으로 하고 인생의 제 문제에 대하여 기록 연구하는 문학을 인간의 문학이라고 한다'고

하였다.

문장의 기본관점은 서구자산계급의 진보적 문예사조의 범위를 벗어나지 못하였으나, 비판의 초점을 인생을 위반하는 습관제도에 돌림으로써 5·4사조를 분명하게 드러내고 있다.

평민문학

平民文学这四个字, 字面上极易误会, 所以我们先得解说一回, 然后再行介绍。

1919년 주작인은 『매주평론』에 「평민문학」이라는 글을 발표하여 평민문학을 정식으로 제기하였다. 그는 평민문학에서 보통 남녀들의 비환성패(悲歡成敗)를 기록하고 영웅호걸의 사업과 재자가인의 행복을 기록하지 않는다고 하였다. 평민문학은 실제로 시민문학 구호에 지나지 않으나 '인간의 문학'이란 구호에 비하여 더욱 진보적이다. 1924년에는 「민족문학」 구호를 제기하였으나 큰 반향을 일으키지는 못하였다.

주작인의 산문

1920년대 초부터 1930년에 이르기까지 주작인의 창작은 주로 산문이었다. 주작인의 일부 산문들은 시대의 폐단을 지적하고 현실을 풍자하였다. 예로, 「3월 18일에 죽은 이들에 대하여」라는 글은 단기서 정부가 청원하는 애국군중을 도살한 죄행을 견책하였고, 「침묵」이라는 글에서는 반어로서 봉건군벌이 언론자유를 짓밟는 죄행을 풍자하였는데 작가의 애증 감정을 뚜렷하게 보여주었다.

그의 산문의 또 다른 내용은 문예문제를 논하거나 작품을 평한 것이다. 예를 들어, 「타락」, 「꿈」 등 작품을 평한 글 등이 바로 이러한 산문이다. 주작인의 산문 중 대다수가 일상생활의 사소한 일 혹은 지난 일들을 회고한 것이다. 「장맛비」, 「옛일을 회상하며」, 「고향의 나물」, 「북경의 다식(茶食)」, 「차를 마시다」, 「오봉선」 등이다. 내용 면에서 특별히 새로운 것은 없으나 느릿느릿 예사롭게 이야기를 하는 와중에 작가의 개성이 자연스럽게 드러난다.

주작인은 여러 가지 산문체에 대하여 광범위한 시험을 하였다. 정론, 기행문, 스케치, 서신, 머리말 등에 대하여 모두 시험적인 탐구를 진행하여 성과를 거두었다. 그 가운데서도 산문소품의 성과가 두드러진다. 호적은 「50년 내의 중국문학」이라는 글에서 '이 몇 년 내의 산문 방면에서 가장 주의를 돌릴 만하게 발전한 것은 주작인이 제창한 소품산문이다. 이러한 유형의 작품의 성공은 백화로 미문(美文)을 쓸 수 없다는 미신을 더욱 철저히 타파하였다'고 하였다. 욱달부도 『중국 신문학 대계-산문2집-도언』에서 '중국 현대 산문에서 노신, 주작인 두 사람의 성적이 가장 풍부하고 위대하다' 라고 평가하였다.

1928년 「폐호독서론(閉戶讀書論)」을 발표하고, 자신의 서재인 '고우재(苦雨齋)'에 칩거하여 시대와는 동떨어진 은사적인 삶을 선택하기에 이른다. 임어당 등과 함께 자아를 중심으로 하고 한적(閑適)을 격조로 하는 소품문을 제창하였다. 그리하여 평화롭고 부드러운 풍격은 그의 산문의 특징이 되었다. 이 시기에 주작인은 주로 소품문과 문학평론, 문학이론 등과 관련된 산문을 창작한다. 그리고 1927년 이후에는 일본의 정책적 수요에 봉사하는 정론문과 잡문 이외에 한적 소품문과 독서잡기류(讀書雜記類), 필기류(筆記類) 등을 창작하였다. 1930년대 이르러 주작인은 점점 의기소침해지고 점차 민족의식을 상실하였다. 1937년 일본 제국주의가 북경을 점령한 이후 그는 계속 북경에 남아 있으면서 친일파 성향으로 변화해 갔다.

```
문학 in
```

어사사

어사사(語絲社)는 노신의 적극적인 주도하에 1924년 11월 중국 북경에서 결성된 문학 단체이다. 문학잡지『어사(語絲)』를 발간하였고 손복원이 잡지의 주간을 맡았다. 전현동, 유반농, 주작인, 임어당 등이 참여하였다. 주간지『어사』는 주로 잡문과 산문을 게재하였으며 사회평론과 문학평론을 활발하게 전개하였다. 그들은 점차 과감한 '어사문체'를 형성하게 되었는데, 이 문체는 이후의 산문문학에 많은 영향을 주었다. 이들은 한 단체로 조직되지는 않았으며, 여기에 모인 작가들의 사상적 경향이 달라 갈등도 많이 존재하였다.

이 단체는 1920년대부터 1930년대까지 활동하면서 당시 침체 상태에 있던 신문학(新文學)을 활성화하는 데 기여하였고, 이후 중국의 근대산문문학 발전에 많은 영향을 주었다. 이들은 새로운 것에 해가 되는 구문학, 구문물을 배격하는 데 치중하였으며, 문학창작에서도 많은 성과를 거두었다.

1931년 156기로 발간을 중단하였으며, 1932년 임어당이 창간한『논어(論語)』가『어사』를 이었다.

7강

모순(矛盾)

"문학은 인생을 표현하고,
인간의 삶과 전 인류를 위해 존재"

모순의 삶

　모순은 1896년 7월 4일에 절강성 동향현(棟鄉縣) 오진(烏鎭)에서
태어났다. 그의 부친은 당시에 비교적 개명한 '유신파'였으나 30세
에 요절하였다. 그는 1914년에 북경대학 예과에 입학하여 1916년
에 졸업한 후 가정형편이 곤란하여 더 진학하지 못하고 그해 가을
부터 상해 상무인서관(商務印書館)의 편역원으로 근무하였는데, 주
로 외국문학의 소개와 번역작업을 하였다. 그는 첫 번역 작품으로
체호프의『집에서』를 세상에 내놓은 후, 이어 톨스토이, 버나드 쇼
등의 작품도 소개하였다. 또『학생잡지』,『동방잡지』에 문예논문도
발표하였다.

　1921년 1월에 모순은 엽성도, 정진탁 등과 함께 문학연구회를
발기하고 '인생을 위한' 문학을 주장하였다. 문학연구회는 이 해에
원앙호접파에서 발행하던『소설월보』를 인수한 후 전면적인 혁신

을 거쳐 신문학의 주요한 진지를 만들었다.

모순은 리얼리즘 원칙을 견지하면서 문학의 사회성과 시대성과 사회적 역할을 강조하였다. 이러한 그의 '인생을 위한' 문학은 봉건 복고주의와 자산계급 문학사상과의 투쟁을 촉진하였으며 당시의 문학창작에 많은 영향을 주었다.

1927년의 4·12정변은 모순에게 매우 큰 충격을 주었다. 대혁명이 실패한 후 그는 무한을 떠나 남창에 가려 하였으나 병으로 인해 한동안 고령에 머물렀다가 그해 8월에 상해로 돌아왔다. 그는 당시 공개적인 직업은 없었으나 늘 바쁜 가운데서도 전부터 해보려던 문학창작에 착수하였다. 1927년 9월부터 1928년 6월 사이에 3부작 『환멸(幻滅)』, 『동요(動搖)』, 『추구(追求)』를 완성하였다. 후에 이 세 중편을 엮은 소설집 『식(蝕)』을 출판하였다.

모순은 비교적 오랜 기간의 준비작업과 구상을 거쳐 1931년 10월부터 1932년 12월에 이르는 사이에 혁명사실주의 장편 대작 『자야』를 완성하였다. 또한, 이 시기에 저명한 단편소설 『임씨네 상점』, 『봄 누에』 등을 썼다. 1942년 홍콩으로 간 모순은 그해 여름에 국민당의 특무통치의 죄상을 강력하게 폭로하고 단죄한 저명한 일기체 소설 『부식(腐蝕)』을 완성하였다. 그는 건국 후 『고취집(鼓吹集)』 등 적지 않은 문예이론집을 출판하였다.

그리고 1981년 3월에 세상을 떠났다.

모순의 리얼리즘 문학

모순은 중국 현대문학사에서 비교적 일찍이 출현했던 문예이론 가다. 그는 리얼리즘 문학이론과 문예비평에 뛰어난 공헌을 하였 고, 중국의 무산계급 문예이론의 중요한 토대를 닦았다. 리얼리즘 문학이론에 대한 그의 끊임없는 연구는 당시 신민주주의 혁명의 진행과정과 매우 밀접한 관련이 있다.

5·4운동을 전후하여 그는 당시 지속적으로 유행하고 있던 서구 의 고전주의·낭만주의·자연주의·사실주의·신낭만주 등의 문 예사조를 체계적으로 고찰하였고, 선진 이래의 전통적인 중국문학 이론의 발전 역사를 진지하게 탐색하였다. 동시에 반제·반봉건의 시대요구에 부응하여 비교적 일찍 그러면서도 비교적 체계적으로 '인생을 위한 예술'이라는 리얼리즘을 제기하였고 또한 진·선·미 의 통일이라는 미학사상을 천명하였다. 그는 문학이란 삶을 표현하

기 위한 것이며 문학가가 표현하고자 하는 삶이란 결코 한 개인이나 한 가정의 삶이 아니라 바로 전 사회 전 민족의 삶이라고 여겼다.

그는 문학은 인생을 표현해야 하고 인간의 삶과 전 인류를 위하여 복무해야 한다고 인식하였다. 그는 진보적인 문학관으로 문학의 발전을 해석하던 초기의 문학관에서 이제는 계급적 관점에서 문학의 발전을 설명할 만큼 인식의 도약을 이루었다.

이러한 모순의 리얼리즘 문학 주장은 시대의 추동 아래 신민주주의 문예창작과 나란히 발전해 가면서 날로 성숙해 갔다. 그의 문예이론은 자신의 창작을 발전시켰을 뿐만 아니라 여러 세대에 걸쳐 청년들을 일깨웠다. 바로 이것이 중국의 혁명적 리얼리즘 이론의 주요 내용을 이루었다.

모순의 소설

임씨네 상점

　『임씨네 상점(林家铺子)』은 모순의 단편소설 중에서 대표작에 속하는 것으로 30년대 초기 중국 농촌경제의 영락과 소도시에 있는 소상인이 파산에 직면한 운명을 묘사하였다. 이 소설은 작자가 '중국의 사회적 현상을 대규모로 묘사'하기 위한 작품 중의 한 구성 부분으로서 『자야』와 더불어 30년대 폭넓은 중국사회의 한 단면을 보여주고 있다.

　『임씨네 상점』은 1932년 6월에 탈고되었다. 이 작품은 강소, 절강지역의 한

도시에 자리 잡은 임씨네 상점의 비참한 운명을 통해서 1930년대 초기 소도시 상인들의 처지와 운명을 현실적으로 반영하였고, 다양한 측면에서 국민당의 어두운 통치를 밝히고 당시 심각한 위기에 직면한 사회의 주요한 모순점들을 제시하였다.

소설 『임씨네 상점』은 주제에 있어서 심각성을 기하였을 뿐만 아니라 예술적으로도 매우 성공한 작품이다. 이 소설의 구성은 풍부하고도 생동적이며, 집중적이고도 선명한 것이 특징이다. 작품 전반을 놓고 볼 때 이야기도 잘 짜여 있다. 그리고 인물의 개성적 언어에 대한 묘사도 아주 성공적이다. 예로, 임 선생, 임 선생의 부인과 딸 사이에 진행된 대화에서도 사상과 성격, 교양 정도, 신분과 지위, 인물들의 정서와 그들이 처한 환경에 이르기까지 족히 가늠할 수 있다. 『임씨네 상점』은 매우 성공한 작품으로서 중국의 현대단편소설사에서 매우 중요한 자리를 차지한다.

봄누에

1932년에 발표된 『봄누에(春蠶)』와 그 뒤에 쓴 『추수』, 『늦겨울』은 내용상에서 연속성을 가졌기에 이 세 작품을 『농촌삼부곡』이라고도 한다. 『봄누에』는 고통스러운 노동으로 누에고치는 풍작을 거두었으나 풍작이 오히려 화가 되어 빚만 지게 된 노통보 일가의 비통한 이야기를 통하여 1930년대 초에 제국주의 침략과 군벌혼전, 봉건지주의 잔혹한 압박과 착취 아래서 급격하게 쇠퇴하고 파산되어 가는 구 중국 농촌의 정경을 깊이 있게 묘사하고 있다.

『농촌삼부곡』은 당시 농촌의 현실을 반영한 우수한 작품으로서

예술적인 면에서도 커다란 성과를 거
두었다. 작자는 인물들의 여러 성격적
특징과 모순, 그리고 갈등을 통하여 매
우 전형적인 인물들을 창조해 내었다.
예를 들면, 노통보에 대해서 작자는 근
면하고 선량하나 낙후한 것을 고집하
는 특징을 잘 드러내고, 그와 기타 인
물들 간의 관계와 구체적인 언행 및 내
심 활동에 대한 묘사를 통하여 그의 성
격을 선명하게 표현하였다. 아다와 다른 농민들도 같은 방법에 의
하여 선명한 개성을 가진 인물로 형상화되어 사람들에게 깊은 인
상을 남긴다. 작품은 또 생동적인 경물묘사를 통해서 시대적 배경
을 아주 생생하게 펼치고 있다.

　『봄누에』는 노통보가 길가에 앉아서 작은 기선이 조용하던 마을
앞 강물을 헤가르는 것을 바라보는 것에서 이야기를 시작함으로써
제국주의 세력이 이미 강남의 농촌과 소도시에까지 침입하였다는
것을 재치 있게 보여준다. 그리고 작품의 구성 면에서도 시대적 상
황과 맞물려 인물들이 겪는 갈등과 위기가 매우 적절하게 표현되
어 작품에 사실감과 긴장감을 더해 준다. 실로 이 작품은 그의 단
편소설 창작이 빛나는 성과를 냈다는 의의를 갖는 작품이다.

문학 in

소설월보

상해 상무인서관(商務印書館)에서 간행 하였다. 1910년에 창간된 이후로 주로 임 서의 번역소설 등 구소설을 게재하였다. 1921년 제12권부터는 문학연구회의 기관 지가 되어 구어체로 된 신소설을 게재하 는 신잡지로 개조되었다. 편집을 맡았던 모순·정진탁·엽소균 이외에 주작인·노 신 등이 작품을 실었으며, 5·4운동 이후 의 신문단에서 중심적인 잡지로 존재하였 다. 한때 곽말약 등이 참가한 창조사(創造 社)의 『창조월간』 등과 경쟁을 벌이기도
했다. 노사, 파금, 정령 등의 신인을 배출시키는 한편, 해외의 근대문학이 나 약소민족의 문학을 적극적으로 소개하였다. 특정한 사상 경향은 없었 지만, 진지하게 인생을 대하는 태도가 기조를 이루고 있었다. 간행처가 상해사변의 전화를 입음으로써 1931년 정간되었다.

8강

조우(曹禺)

"부패한 가정과 사회에 대한 또 다른
사랑을 표현하다"

조우의 삶

중국의 유명한 현대 희극작가 조우의 본명은 만가보(萬家寶), 자는 소석(小石)이다. 그는 1910년 천진의 한 봉건관료 가정에서 태어났다. 문학을 좋아한 부친 만덕존(萬德尊)과 연극을 좋아한 모친의 영향으로 어린 시절부터 문학과 연극을 두루 접할 수 있었다.

1922년 조우는 천진남개중학에 입학하였다. 이 학교는 리얼리즘을 바탕으로 신극(新劇) 활동을 활발하게 전개하고 있던 곳이었다. 평소 연극에 관심이 많았던 그는 남개신극단에 가입하여 1925년부터 연극의 기초를 다졌다. 1928년 남개중학을 졸업한 후 남개대학 정치학과에 입학하였으나 적성에 맞지 않아, 2년 후에 청화대학 서양문학과로 전학하였다.

청화대학에 다니면서 그는 문학에 심취하여 희랍비극과 셰익스피어·입센·오닐·체호프 등의 작품에 깊은 관심을 가졌다. 특히,

오닐의 강렬한 희극성을 좋아하였고, 셰익스피어의 아름다운 색채에 매료되었으며, 체호프의 희극 신천지에 몰두하였다. 또 시간이 나는 대로 파금 등과 함께 극장에 가서 당시 명배우들의 명연기를 감상하면서 전통예술에 대한 견문을 넓혀갔다. 이 시기에 그는 불과 23세의 나이에 불후의 명작『뇌우』를 발표하였다.

조우는 답답한 봉건가정에서 자라면서『뇌우』에서와 같은 생활에 익숙하였을 뿐만 아니라, 극 중의 주번의와 같은 불행한 여인들을 수없이 보아 왔다. 그리하여 그는 부패한 가정과 사회를 증오하게 되고, 이에 큰 뇌우가 와서 이를 때려 부숴주기를 갈망하였다. 중학 시절부터 이러한 작품을 머릿속에 구상하기 시작한 그는 마침내 5년이라는 긴 시간을 거쳐 4막으로 된 비극『뇌우』를 세상에 내놓게 되었다. 또한『일출』을 발표하였는데, 전작(前作)의 기교를 벗어나 체호프의 작품에 가까운 중국 근대극의 대표작이 되었다. 이어서『원야(原野)』를 발표함으로써 그는 중국 근대극 창시자로서의 지위를 굳혔다.

중일전쟁 때는 무한의 전국희극계항적협회의 이사로 활약하였고, 종전 뒤에도 연극계를 지도하였다. 1952년부터 공장에 파견되어 자기개조에 힘썼고, 1961년에는 역사극『단검편(胆劍篇)』(공동창작)을 발표한 뒤『왕소군(王昭君)』의 창작을 시작하였다. 그러나 문화대혁명 때에는『단검편』을 비롯한 그의 모든 작품이 비판대상이 되었다. 전국인민대표대회 대표, 중국희극가협회 부주석, 중앙희극학원 부원장, 북경인민예술극원 원장 등의 공직을 지낸 그는 이후 별다른 창작활동 없이 살다가 1996년 12월 13일 세상을 떠났다.

조우의 희곡

뇌우

『뇌우(雷雨)』는 4막으로 구성된 비극으로 1934년 7월 『문학계간 (文學季刊)』에 발표되었고, 1935년 4월 일본 도쿄에서 공연되었다. 1925년 전후의 봉건지주인 주복원(周樸園)을 중심으로 벌어지는 세 가지 갈등 속의 대가족제도의 죄상을 그린 작품이다. 돈을 위해서는 수단과 방법을 가리지 않는 매판자본가 주 씨가 그의 후처 번의와 큰아들 주평과의 사이를 알게 되고, 30년 전에 자신이 버린 시평이 등장하면서 극의 비극은 시작된다. 이후 시평의 딸인 사봉이 주 씨 자신과의 사이

에서 나온 친딸임을 알게 되지만, 사봉은 이미 큰아들 주평과의 사이에서 임신한 상태였다. 이러한 사실을 알게 된 주평은 총으로 자살하고 동생인 주충은 감전사하게 된다. 이러한 불륜의 갈등 외에도 주 씨와 시평, 주평 등 하층계급 사이의 계급 갈등과 주 씨와 시평의 아들 노대해(魯大海) 같은 노동자층 사이의 노사투쟁이 곁들여 있다.

『뇌우』의 첫 공연은 1935년 일본 동경에서 유학하고 있던 중국 유학생들에 의해 이루어졌다. 일본에서의 첫 공연은 아주 성공적이었으며, 당시 일본에서 유학 중이던 곽말약도 이 공연을 매우 높게 평가하였다. 중국에서는 1935년 8월 천진시립사범학교의 한 아마추어 극단에 의해 최초로 공연되었으며, 프로 극단으로는 중국여행극단에 의해 1936년에 처음으로 공연되었다.

『뇌우』에서는『오이디푸스 왕』에 보이는 희랍 비극의 풍유법과
입센 이래 근대극의 폐쇄식 구성 기법을 처음으로 결합 운용하였
다는 점, 다양한 예술적 기교를 운용하고 우연과 필연의 변증관계
를 비교적 정확하게 처리하였다는 점 등에서 중국 현대희극사상
그 가치를 더욱 인정받고 있다.

일출

『일출(日出)』은 도시 상층과 하층에서 벌어지는 암흑을 그린 4막
으로 구성된 비극으로 1936년 6월에『문학계간(文學季刊)』에 발표
되었다. 사교계의 여왕 진백조와 기녀 취희의 방 두 칸을 배경으로
전개되는『일출』은, 고등교육을 받은 사교계 여인의 타락과 참회,
자살을 비롯하여 모욕과 유린을 당한 소동서, 삼류 기원에서 매음
하는 취희, 실직과 함께 삶을 구걸하는 회사원 황성산 등의 비참한
상황과 이와 대조적으로 은행의 이사로 재직하며 악랄한 행동을
일삼는 반월정과 출세를 위해 교활한
행동을 하는 이석청 등 상류사회의
파렴치한 방탕을 그림으로써 금융자
본이 조정하는 사회의 죄악을 그렸다.
특히, 상류사회의 부산물로 취생몽사
하다가 결국 자살하고 마는 진백조의
종말을 통해 봉건의 멸망과 미래의
광명을 예고하는 뜻에서 '일출'을 강
조하였다.

『일출』은 새로운 제재, 인물, 주제에 대한 탐색으로 말미암아 창조된 새로운 표현 방식의 예술적 산물이라 할 수 있다. 현실주의적인 성과에서,『일출』은 전작인『뇌우』에 비교할 때, 현실을 반영하는 비판성이 심각하게 드러나고 있다. 이 작품은 사회 전반의 기현상을 비판하고 금융도시 사회의 각종 죄악 현상을 폭로함과 동시에 각종 비극적 사회의 근원을 심각하게 제시하고 있다.

북경인

『북경인』은 앞서 나온 작품들에 비해 작품의 분위기와 성격 면에서 많은 차이를 가지고 있다. 이전의 작품이 동적인 성격이 강한데 비해,『북경인』은 고요한 정적 장면의 조합으로 이루어진 특징을 갖고 있다. 따라서 이 작품을 읽는 데 있어서 조우의 작품에 대한 기존의 방식으로 이해하기는 조금 어려운 점이 있다.

1940년에 완성된 조우의 이 작품은 그가 30년대에 발표한 작품들이 누린 영광만큼 크게 흥행을 하지는 못했다. 이는 작품의 난해한 내용, 완만한 구성, 평범한 인물의 평범한 행동과 사건들이 관객의 관심을 끌지 못했기 때문이다.

조우는 상세한 묘사 기법의 가능성을 체호프에게서 발견하였다. 즉, 체호프가 그랬던 것처럼 조우도 희곡의 소설화를 꿈꾸고 있었다. 특히, 그는 읽는 희곡의 가능성을 체호프라는 작가에게서 큰 영감을 얻었다. 본래 조우의 작품에는 배경 묘사나 인물의 특징과 행동을 설명하는 지문이 많은 편이다. 조우 작품의 지문은 세밀하고 문학적이며 서정적인 문체를 특징으로 한다.

『북경인』의 인물들은 문화적으로 전통적 의식을 지니고 있거나, 혹은 그 반대로 비현실적인 이상을 꿈꾸는 인물들이 대부분이다. 이들 인물은 상호 판이한 가치관과 사유공간에서 서로 만날 수 없는 말과 행동을 거듭한다. 인물들의 공허한 말의 성찬이 작품에 흘러넘친다. 오직 말만이 그들의 실존을 증명하고 그들을 존재하게 한다. 그들은 마지못해 움직이며 작은 소리로 무표정하게 말한다. 『북경인』의 인물들은 체호프의 인물들과 이러한 특징을 공유하고 있다.

조우의 표현주의 연극

　　조우는 그의 희곡에 다양한 기교를 접목하여 표현주의 연극을 선도하였다. 이에 대해 사람들은 오닐의 표현적 정서를 무작정 모방한 것이 아니냐는 시선을 보내기도 하였다. 오닐은 입센의 리얼리즘 연극을 계승하여 그 자신의 독자적인 색채를 띠는 연극적 기교와 새로운 주제를 선보이며 미국 연극의 새로운 시대를 열었던 인물이다. 특히, 강렬한 주제와 밀도 있는 극의 구성과 전개방식은 극적 긴장을 불러일으켜 관객의 마음을 사로잡는 매력을 지니고 있다. 따라서 관객의 역할에 관심이 많았던 조우가 이러한 특징을 갖는 오닐의 작품에 주목하는 것은 당연한 일이었다. 그래서 조우의 연극에서 오닐의 연극과 유사한 점이 발견되는 것이다.

　　다양한 기교를 사용하는 것은 표현주의 연극의 특징이기도 했다. 조우의 작품에서도 이러한 표현주의적 기교나 장치들이 자주 사용되고 있다. 원래 조우의 연극에는 전체적인 상징조형이 나타나 작품의 무대배경이 되거나 작품 성격의 한 요소로 사용된다. 이러한 기법은 작품 곳곳에 보이는데, 예컨대 인물의 실루엣 처리를 통해 공간의 확대와 작품의 응집력을 높이는 효과를 가져 오는 기법을 들 수 있다. 그것은 『뇌우』에서는 귀신소동으로 나타나고, 『일출』에서는 밖으로 드러나지 않는 금팔의 존재로 나타난다. 조우는 이처럼 특별한 장치나 상징적 형상을 통해 극적 효과를 높이고 긴장을 고조시켜 자칫 느슨해지기 쉬운 극의 흐름을 제어하려 하였다. 그것은 그의 풍부한 연극 지식과 연출 경험으로 인해 가능했던 것으로 보인다.

조우는 표면적으로 연결되지 않는 줄거리, 연상작용을 유발하는 상징물의 설치, 긴장된 분위기를 조성하는 짧은 대사와 대사 사이의 단절 등을 표현주의 연극의 특징으로 꼽았다. 『원야』는 호구(虎仇)가 자신의 적인 초염왕(焦閻王)에게 복수하려 하지만, 결국에는 초염왕의 며느리인 화금자(花金子)를 사랑하게 되고, 둘이 향토민단

에 쫓기면서 자신은 자살하고 화금자만이 들판에서 울부짖는 비극을 다룬 향토극이다. 호구의 이미지와 초염왕의 이미지, 그리고 화금자의 슬픔 등은 표현주의의 특징을 잘 보여준다. 이러한 그의 표현주의적 연극관은 작품 『원야』를 대표로 하여 그의 기교적 특성과 상징적 의미를 이해하는 데 중요한 잣대가 된다.

9강

하연(夏衍)

"희곡이란 인생의
가장 격렬한 부분이다"

하연의 삶

본명은 심단선(沈端先)이며 절강성 항주에서 태어났다. 1925년 일본 규슈공업학교를 졸업하고, 1927년 중국 공산당에 가입하였다. 1929년 육정손·풍내초 등과 상해에서 '예술극사'를 결성해 기관지『예술월보(藝術月報)』를 편집, 막심 고리키의 작품을 번역·소개했다. 또『새금화(賽金花)』,『자유혼』 등의 희곡을 발표했다.

1937년 이후에는 항일 운동에 참가, 주로 상해에서 그곳 연극인 단체인 구국연극대를 조직하여 활동했다. 이 시기에 일본군 점령하의 상해를 배경으로 한 희곡을 써서 호평을 받았는데, 중요 작품으로는『상해 처마 아래서』,『상해야(上海夜)』,『파시스트 세균』,『슬픔의 거리』 등이 있다.

그의 대표작 중 하나인『새금화(賽金花)』는 문화혁명 때 비판의 대상에 올랐던 작품으로, 청 말과 민국 초의 기녀 새금화(賽金花)가

몽고사가(蒙古史家) 홍균(洪鈞)과 결혼하였으나, 홍균이 죽자 의화단 사변 때 연합군 사령관과 동거하여 세상을 떠들썩하게 한 일생을 소재로 다룬 작품이다.

1949년 중공당 화동국(華東局) 선전부 부부장, 1951년 상해시 문교위원회 주임, 1954년 국무원 문화부 부부장, 1959년 국무원 대외문화협회 부회장 등을 지냈다. 1960년에 문련(文聯) 전국위 위원, 1~3기 전국인민대표대회 대표가 되었으나, 1965년 영화『임씨네 가게(林家鋪子)』가 사회주의에 유해하다는 비판을 받아 1966년 숙청되었다. 1977년 복권되어 1978년 정협(政協) 전국위 상임위원으로 뽑혔고, 1979년 문화부 고문, 중국영화가협회 주석이 되었으며, 1982년 중국 중앙고문위원회 위원에 취임하였다.

하연의 작품

상해 처마 아래서

『상해 처마 아래서(上海屋檐下)』는 1937
년 4월에서 5월 사이에 쓴 작품이다. 서안
사건 후 얼마 지나지 않은 때라 대중의 항
일에 대한 목소리가 높았고, 항일 통일전
선이 한창 싹트고 있었기에 국민당 정
부는 장기 수감된 공산당원과 기타 정
치범들을 선별적으로 석방할 수밖에 없
게 되었다. 감옥에서 풀려난 혁명가 가
정의 변고나 그들이 겪은 수난은 하연
을 자극하기에 충분하였고, 그는 평소

생활에서의 경험과 생각들을 총동원하여 이 작품을 창작한 것이다.

그 당시 공연 때에도 성황을 이루며 관중의 사랑을 받았을 뿐 아니라, 해방 이후에도 여러 차례 무대에 올려졌다. 이 작품은 강렬한 미학적 생명력을 충분히 재현하고 계승함으로써, 5·4운동 이후 희극 중 가장 뛰어난 리얼리즘 작품이라는 것을 잘 보여주고 있다.

이 작품은 도시 뒷골목에 사는 다섯 세대가 하루 동안 겪은 일을 통해서 전쟁 발발 전 장마철처럼 음침하고 음습한 정치상황에서 생활하는 소시민들의 고통스러운 모습을 매우 사실적으로 그리고 있다. 실제상황을 바탕으로 식민도시 상해에서 살아가는 소시민들의 진솔한 모습을 섬세하고 세밀한 필치로 생동감 있게 묘사하였다.

『상해 처마 아래서』는 평범한 일상, 소박한 수법, 뚜렷한 성격, 다섯 가정의 일이 서로 뒤얽혀 빈틈없이 치밀하면서도 자연스럽게 배치되었다. 그중 임지성, 양채옥, 광폭 등의 이야기가 줄거리의 중

심이 되고 그들 간의 갈등과 충돌이 극 전체의 중심구도가 되었다. 나머지 인물의 이야기 배치와 교차는 모두 주제표현과 인물의 이미지 창출에 필요했기 때문일 뿐, 다른 의미는 없다. 하연은 희곡이란 인생의 가장 격렬한 부분이기 때문에 파란만장한 사건과 뚜렷한 성격의 인물을 등장시키는 것이 어쩌면 희곡의 본분일 수도 있다고 보았다. 그래서 그의 작품 속에서는 때때로 생각지도 못한 줄거리의 반전이 일어나 사람을 몰입시키는 극적 효과를 낳는다.

하연은 희극창작뿐 아니라 영화도 제작했기 때문에 영화예술의 기교를 교묘히 희곡에 응용함으로써 표현기법을 더욱 다양화시켰다. 이 작품의 무대배치와 전환에서는 영화의 몽타주 기법을 응용했다. 다섯 가정의 인물 10여 명을 방 하나에 모아놓고 접촉하거나 충돌하게 하지 않았고, 큰 막을 열었다 닫았다 해서 공간을 전환함으로써 매 가정의 생활모습을 교대로 표현하였다. 하연은 몇 개의 작은 공간을 관객이 한꺼번에 볼 수 있도록 장치하는 방법을 택했다. 줄거리의 전개에 따라 무대에 등장한 인물은 격리된 공간 속에서 개별적으로 움직이기도 하고, 서로 교차하기도 하는 등 무대 위의 화면은 마치 영화 속의 '스크린 분할'과 같은 효과를 냈다. 이로써 무대의 활용 공간을 더욱 확대했을 뿐 아니라 극적 효과도 더 커지게 되었다. 이 같은 수법은 당시로는 대단히 과감한 시도이자 혁신적인 예술 기법이었다.

새금화

중국 청나라 말엽의 천하대세를 흔들었던 서태후(西太后)와 비견되는 기생 신분의 여인이 있었다. 벼슬을 하지 않은 일개 천민 여성이 서태후와 거의 같은 비중으로 역사를 이끌어 나갔다고 하니 참으로 대단한 인물이다. 그의 이름은 부채운(傅彩雲)이다.

十三岁时的赛金花

중국 근대소설의 효시며 10대 소설에 드는 『얼해화(孼海花)』의 작자 증맹박(曾孟朴)의 친구 홍문경(洪文卿)은 1888년 흠차대신(欽差大臣)으로 명을 받아 사신으로 4개국을 향해 출발했다. 이때 첩과 동행했는데 홍문경이 장원급제를 했기에 장원부인으로 불렸다. 이 첩이 바로 부채운이다.

부채운은 13세부터 소주와 상해에서 기생으로 있었다. 워낙 뛰어난 미인인 데다가 총명하기까지 해서 돈 많은 고급관료들은 부채운과 하룻밤을 즐기는 것을 천하의 낙으로 삼았다. 홍문경이 아예 부채운을 첩으로 맞아들인 것이 부채운의 나이 23세 때였다. 부채운의 절세적인 아름다움은 홍문경이 다닌 4개국의 왕과 귀족들을 매혹시켜 이후 10년간 이들 나라의 침입이 없었을 정도였다. 그녀는 독일 왕후와 어깨를 나란히 하고 사진을 찍기도 했다. 홍문경은 1892년 귀국했는데 러시아와의 국경문제로 질책을 받은 데다 부채운이 공개적으로 바람을 피우는 바람에 귀국 2년 후 우울증을 앓다 죽었다.

부채운은 홍문경이 죽자 이름을 조몽란(曹夢蘭)으로 고치고 다시 기생이 되어 기생집을 열었다. 역시 내로라하는 인사들이 구름같이 모여들었다. 홍문경은 소주 사람이었다. 그래서 소주 사람들은 부채운이 홍가와 소주 사람 얼굴에 먹칠한다고 하여 상해를 떠나도록 했다. 하는 수 없이 조몽란은 북경, 천진으로 가 자리를 잡고 다시 이름도 새금화(賽金花)로 고쳤다. 금화는 금화(金貨)와 발음이 같다. 돈을 많이 내는 사람이 임자인 것이다. 30대였으나 명성은 당시 북경에서는 따를 자가 없었다. 고금제일화(古今第一花)로 불렸다. 새금화가 36세 되던 해에 의화단사건이 일어났다. 열강 세력을 의화단이 쫓아내고자 한 것이다. 중과부적으로 물러난 열강은 다시 독일을 중심으로 8개국이 연합국을 조직해 북경을 들이친다. 싸움이 이롭지 못하자 서태후는 광서제를 끌고 도망가고 연합군은 북경성을 점령, 우선 모든 젊은 여성을 겁탈하기 시작했다. 새금화는 연합국 장병에게 우선 대상이었다. 독일 장병이 겁탈하려는 순간 새금화가 독일어로 "내가 누군지 아느냐"며 "너희 대장에게 이렇게 저렇게 보고하면 알 것이다"고 소리쳤다. 과연 당시 연합 8개국 사령관인 독일 장군은 차를 보내 모셔갔다. 자기네 나라 국모, 왕후와 나란히 사진을 찍은 부채운을 알아보았던 것이다.

이때의 활약으로 역사학자들이 새금화를 서태후와 동열에 놓고 평가한 것이다. 새금화는 사령관 와덕서(瓦德西)에게 조건을 제시했다. 첫째, 연합군이 북경에 있으면서 그동안 부녀자들을 폭행한 것은 어쩔 수 없어도 의화단 이외 어느 북경 시민이라도 죽이지 말 것, 둘째 북경의 고적 파괴를 금할 것 등이다. 이 조건들이 해결됨으로써 옛날 영국, 프랑스에 의해 저질러진 북경 파괴와는 비교할 수 없는 정도로 피해를 줄일 수 있었다. 또 하나 해결된 것은 청의 전권대신 이홍장, 와덕서 등과 연합군과의 회담에서 연합군 측의 강경입장으로 이홍장의 조건이 수용되지 않았는데 새금화가 이를 해결한 것이다. 이후 새금화는 73세까지 살았다. 급변하는 역사의 한복판에서 몸부림치며 영욕의 세월을 보낸 그녀지만, 한편으로 그녀는 조국을 사랑하고 민족을 사랑한 가녀린 한 여자에 불과하였다. 그러나 분명한 역사의 한 획을 그은 그녀의 활약은 중국 현대사의 한 페이지를 장식하고 있다.

임씨네 가게

『임씨네 가게』는 본래 중국 현대문학을 대표하는 작가 가운데 한 명인 모순(茅盾)의 소설이다. 모순은 이 작품을 통해 제국주의 열강의 경제 침략으로 몰락해가는 중국의 상인들과 민중들의 고통스러운 삶을 생생하게 묘사했다. 사회경제적 토대의 변화와 그것이 빚어낸 모순을 교과서적으로 묘사하는 이러한 문학적 성과는 좌련(左聯)이라는 단체가 뒷받침했기 때문에 더욱 효과적으로 수행될 수 있었다. 이데올로기적으로 좌익에 편향되었던 당대 영화들에 비해 이 영화는 특히 문학적인 감수성이 잘 표현되었다는 평가를 받았다.

중국이 사회주의 국가로 거듭난 1949년 이후 영화는 초기에 모두 국유화

되었으며 사회주의 건설의 강력한 선전수단이 되었다. 하연이 시나리오 작업을 하고, 수화(水華)가 감독한 영화『임씨네 가게』(1959)는 10여 년 동안 제작된 신중국영화 중에서 단연 대표작으로 꼽히는 작품이다. 이 영화와 함께 사진(謝晉) 감독의『무대자매(舞臺姉妹)』(1965), 사철리(謝鐵驪) 감독의『조춘이월(早春二月)』(1963) 등 사회주의 리얼리즘의 수작이 제작되면서 중국 영화는 제3의 황금기를 맞이하였다.

1959년은 중국 공산당 창당 10주년을 맞는 의미 있는 해이기도 하지만,『임씨네 가게』의 개봉으로 중국영화사에서도 의미 있는 해였다. 이 영화는 5·4문학과 사회주의 이데올로기의 갈등으로 큰 논란을 일으키기도 했다.

당대 최고의 작가인 모순, 중국영화의 개척자로 불리는 시나리오 작가 하연, 신중국영화의 선구자인 수화의 만남은 신중국영화로서뿐만 아니라 중국영화 100년사의 중요 작품 중에서도 놓칠 수 없는 작품을 탄생시켰다.『임씨네 가게』는 1983년 '제12회 포르투갈 국제영화제'에서 심사위원 대상을 받았으며, 중국영화로는 유일하게 1986년 홍콩에서 거행된 '세계 클래식 영화 회고전'에 선정되었다.

10강

전한(田漢)

"신낭만주의는 눈으로 볼 수 있는
사물의 세계로부터 눈으로 볼 수 없는 영혼의
세계로 나아가는 것"

전한의 삶

    중국 현대문학 사상 최초로 화극운동을 한 사람이 구양여천(歐陽 予倩)이라면 이를 계승한 사람이 바로 전한이다. 전한은 자가 수창 (壽昌), 필명은 진유(陳瑜)이며, 무술정변이 일어난 해인 1898년 음력 2월 20일에 호남성 장사(長沙)의 가난한 농민의 3남 중 맏이로 태어났다. 1907년 그가 아홉 살 되던 해 부친이 34세의 나이로 세상을 떠나자 생활은 더욱 어려워졌다.

    전한은 11세에 사당을 학교로 개조한 서양식 초등학교에 진학하여 문언문 외에도 일부 현대지식까지 공부하였다. 1912년 2월에 그의 선생님이 장사사범학교(長沙師範學校)에 국비로 교육받을 수 있도록 추천하여 교육을 받을 기회를 얻었다.

    전한은 1916년 18세의 나이로 장사사범학교를 졸업하고 교장의 추천과 당시 일본에 유학생 경리원으로 파견되어 있던 외숙부의 도움을 받아 일본에 유학하여 도쿄고등사범학교에서 수학했다. 일본 유학 시절 희극에 흥미가 있었던 전한은 일본의 연극 활동이 중국과 많이 다르다는 것을 깨닫고 중국 화극계의 낙후를 바로잡아야겠다는 생각을 하게 된다.

일본 유학 시절 다양한 이론들의 영향 아래에 있던 그는 이때부터 정식으로 화극을 창작하기 시작하였다. 1920년 11월에는 그의 최초의 화극 극본인 『바이올린과 장미』를 그가 회원으로 있던 소년중국학회의 기관지인 『소년중국』에 발표하였다. 이어 『신령스러운 빛(靈光)』을 창작하여 문학계에 큰 반향을 일으켰다. 이후 자칭 출세작이라고 말하는 『커피숍의 하룻밤(咖啡店之一夜)』을 발표하여 정식으로 연극 창작의 길로 접어들었다. 또 『시사신보』의 부간인 『학등(學燈)』의 편집자이던 종백화(宗白華)의 소개로 곽말약을 알게 되어 함께 문학을 논하는 친구가 되었다.

1920년에 귀국하여 상해 중화서국에 취직하였다. 1921년에는 곽말약·성방오 등과 창조사를 창립하여 희극 운동에 전념하였다. 당시 일본에서 쓰기 시작하였지만 귀국하여 바로 『창조계간』 창간호에 발표되었던 『커피숍의 하룻밤』과 『범 잡던 밤』, 『명배우의 죽음』 등의 극본은 황무지나 다름없던 희극단에 큰 활력소가 되었고, 화극계에서 주목을 받는 작가로 확실히 자리매김하게 하였다.

그의 작품은 낭만주의 색채가 강하고 대사가 화려하고 열정적이어서 한때 청년들로부터 크게 환영을 받았다. 1923년 『창조계간』 제4기 이후 창조사를 탈퇴하고 남국사(南國社)를 창립하여 『남국반월간』을 출간하는 등 희극활동을 하였다. 이어 남국예술학원을 창설하여 문학·희극·미술·음악·영화 등 각 방면의 인재양성에 힘쓰는 등 극예술 발전에 많은 기여를 하였다. 그는 한편으로 영화 사업에도 공헌한 바가 크다.

또한, 전한이 쓴 글에 섭이가 곡을 붙인 「의용군 행진곡」은 중국 대중에게 감동을 주어 중화인민공화국 창건 후 국가로 선정되었다. 그는 1933년 2월 상해에서 발족한 영화문화협회의 집행위원으로 활동하였으며, 공로를 인정받아 중국 공산당 상해 중앙국 문화공작 위원회 위원이 되었다.

그리고 계속하여 전통극을 개작하여 발표하였는데, 경극을 각색한 『무즉천(武則天)』, 『서상기(西廂記)』를 비롯한 전통극과 『관한경(關漢卿)』과 같은 대작 화극을 발표하였다.

전한은 1964년 7월 정풍운동(整風運動)이 시작되자 핍박을 당하기 시작하여 저작활동도 정지당했으며, 사상검사를 받고 북경 교외에서 노동훈련을 하였다. 1966년 6월에 문화대혁명이 시작되자 격리되어 심사를 받고, 12월 4일에 체포되어 투옥되었다. 그 후 몇년에 걸친 사상검열을 받으며 '사인방(四人幇)'에 의해 고초를 당하다 1967년 '반역자' 혹은 '간첩'이라는 모함을 받아 심한 고문을 당했다. 결국, 1968년 12월 10일 감옥에서 그의 길고 길었던 예술 활동을 접고 병사하였다.

이후에 전한은 1979년 4월 25일 중국 공산당의 결정에 의해 복권됨으로써 1차 명예회복을 이루고, 1992년 8월에 하연·파금·빙심 등 15명의 문예계 인사들이 연명하여 '전한기금회' 설립을 중앙 정부에 건의한 후, 1996년 3월 14일 북경에서 기금설립대회를 갖는 등 현재는 완전한 명예회복이 이루어졌다.

전한과 남국사

1920년대 여타 연극단체들이 외국 연극을 가지고 와서 공연할

때 전한은 스스로 창작한 극본으로 독특한 문학의 맛과 연출 풍격을 가지고 직접 공연을 했다. 남국사(南國社)에서 했던 공연의 레퍼토리는 전한이 직접 창작한 극작이 중심이 되었다. 이후 남국사는 1928년 말 상해에서 두 번 공연하고 광주와 남경 지역에서도 공연하는 등 중국 남부지역에 화극 붐을 조성하였으며, 1929년에도 계속해서 남국사를 이끌고 남경·광주 등지에서 공연하였다.

남국사는 1929년 7월 7일부터 12일까지 대중교(大中橋) 옆 통속교육관에서 제2차 남경 순회공연을 하였으나 원래 계획이었던 『손중산의 죽음』은 국민당의 제지로 무대에 올리지 못하였다. 전한은 『남국』 반월간에서부터 1930년 남국사가 폐쇄당하기 전까지의 활동을 '남국예술운동'이라 하였으며, 남국사의 연극은 새로이 부흥되는 화극에 생기를 불어넣어 주고 화극운동을 활성화하는 역할을 하였다.

전한의 작품은 당시 청년들의 공감을 얻었으며 이로 인해 그는 1920년대의 주요 극작가가 되었다. 이후 전한은 1930년 4월 15일 『남국월간』에 「우리들의 자아비판(我們的自己批判)」을 발표하여 공개적인 사상 '전향'의 뜻을 밝혔다. 낭만과 감상의 경향으로부터 무산계급으로 전향할 것을 공개적으로 표명함으로써 정식으로 사회주의 작가로서의 첫발을 내딛게 된 것이다.

이를 계기로 그는 자신의 화극관과 남국사 활동에 대해 엄숙하고 진지한 비판을 가함으로써 새로운 극본 창작에 힘을 기울이게 되었고, 이 때문에 자신의 화극의 길에서 새로운 단계를 열게 되었다. 따라서 이때부터 그의 화극창작에 있어서 새로운 주제와 제재, 새로운 인물이 등장했고 작품의 형태와 풍격에도 새로운 변화가 나타났다. 즉, 그가 20년대 신낭만주의의 영향 아래서 작품의 주제로 삼고 있었던 '정신'과 '육체'의 충돌 때문에 고민하고 방황하였으며, 나아가 자아의 각성, 개성 해방이라는 각도에서 반제·반봉건 사회 속의 모순과 투쟁을 주요하게 다루게 되었다.

전한은 1927년 7월에 남국사를 대표로 하여 7개 연극단체와 연합하여 좌익화단연맹을 결성하였으나, 남국사가 국민당에 의해 폐쇄됨에 따라 여타 극단 역시 활동을 중지할 수밖에 없어 좌익화단연맹은 유명무실하게 되었다. 이에 1931년 1월에 개인 자격으로 참가하는 좌익화단합회가 결성되었고, 전한이 책임자로 추대되었다. 이 연합회는 좌익작가연맹 성립 이후 중국 공산당이 직접 이끄는 첫 번째 문예조직이었으며, 전한은 좌익화단합회의 가장 중심이 되는 극단인 대도극사(大道劇社)를 조직하여 학생, 노동자들과 함께 연극운동을 전개하였다.

범 잡던 밤

전한의 『범 잡던 밤(获虎之夜)』은 '연애와 결혼의 자유'라는 주제를 비극적으로 그려낸 작품으로, 호남(湖南) 산간지역의 부유한 사냥꾼인 위복생의 집을 배경으로 전개된다. 이 연극의 시대적 배경은 비록 신해혁명 이후지만, 신해혁명이 완전한 성공을 거두지 못했기에, 황대사나 연고와 같은 젊은 남녀들의 자유연애와 결혼은 특히 농촌에서 강한 반대에 부딪혔다.

당시 부모의 명령으로 엇비슷한 집안끼리 결혼하게 하는 봉건혼인제도는 황대사와 연고로 상징되는 젊은 남녀의 자유연애와 결

혼을 가로막는 형체 없는 형구로 그들을 억압하였다. 전한은 이 작품의 마지막 부분에서 연고의 아버지에 대한 반항과 황대사의 자살이라는 두 극단적인 장면을 연출함으로써, 봉건 혼인제도에 대한 강한 반항의식과 함께 이루어질 수 없는 두 사람의 비극적 사랑을 사실적으로 보여주고 있다.

관한경

전한은 관한경을 규명할 수 있는 사료가 극히 부족한 상태에서 관한경이 창작한 작품과 전한 자신의 풍부한 상상력으로 스토리를 전개하여 역사의 문제에 얽매이지 않고, 정확한 원대(元代) 사회의 역사적 배경과 관한경의 정확한 평가를 통하여 작품을 만들었다. 특히, 그는 역사적인 진실을 견지하고, 그의 예술적 상상력을 발휘

하여 몇몇 필요한 줄거리와 세부사항과 장면의 허구를 만들어 내어 역사적 진실과 예술적 진실의 통일성을 이루어 냈다. 백안·아합마·왕저·주렴수 등의 인물 또한 역사에 나오는 인물이며, 왕저가 아합마를 찌른 것 역시 원사(元史)에 나오는 중대한 사건이다.

극본 『관한경(關漢卿)』의 주인공인 관한경의 극 중에서 상당히 적극적이며 진취적인 성격으로 당시 위정자들의 억압에 대항하여 맞서 싸우려는 적극적이면서 현대화된 모습을 보여주고 있다.

『관한경』에서 전한은 관한경 주위에 대조적인 성격을 지닌 양현지와 왕화경이라는 두 친구를 배치함으로써 관한경의 성격을 더욱 두드러지게 만들었다. 양현지와 왕화경은 실존했던 인물로, 양현지는 문장을 논하거나 일을 의논함에 있어서 엄숙하고 진지한 반면, 왕화경은 그 반대이다. 전한은 사료(史料)에 근거하여 양현지의 진지한 성격과 왕화경의 경박하고 익살스러운 성격을 대조적으로 잘 표현하였다. 그들의 이런 대조적인 성격은 서로 다른 측면에서 관한경의 진지하면서도 엄숙하고, 세밀하면서도 다정다감한 성격을 두드러지게 해 준다.

많은 비평가가 이 극을 성공한 경우로 보는 이유 중의 하나가 바로 기존의 역사극에서는 볼 수 없는 문예적인 기교와 수법을 작품의 곳곳에 자연스럽게 운용하면서 '관한경'이라는 역사적 인물과 그 시대를 배경으로 한 주변 상황을 잘 표출해 냄으로써 이 극의 중심 사상과 내용이 1950년대 후반을 사는 당시 새로운 중국의 위정자와 일반 대중에게 심각하게 받아들여졌기 때문이다.

전한은 이러한 예술적 허구를 구상하면서 역사에 바탕을 두었으며 지나친 첨삭이나 왜곡은 하지 않았다. 또한, 역사인물과 가공인물의 성격을 전형화하면서 모든 것들을 '관한경'이라고 하는 주인공의 성격과 전체 줄거리, 작품의 주제의식과 잘 어울리도록 하였다.

전한과 유미주의

신낭만주의·상징주의·유미주의(唯美主義)는 모두 현대주의라는
하나의 커다란 범주에 속한다. 따라서 어떤 한 작품이 어느 하나의
사조에만 영향을 받아 하나의 사조적 성격을 띠는 것이 아니라 한
작품 속에 같이 용해되어 나타난다. 전한의 화극은 내용과 형식 면
에서 유미주의나 상징주의로부터 영향을 받고 있는데, 주로 미에
대한 추구와 옹호 및 와일드 작품의 유미적 양식에 대한 차용으로
나타난다. 전한은 일본 유학 시절에 유미주의·상징주의·퇴폐주
의 등을 포함하는 신낭만주의 사조를 받아들이는데 그가 받아들인
신낭만주의 중 유미주의가 가장 두드러진다고 할 수 있다.

전한에게서 나타나는 유미주의적 특징은, 형식적인 면에서는 색
채미와 참신한 표현, 역설적 비유, 신비적이고 현혹적인 표현으로
나타나고 있다. 내용 면에서는 퇴폐성, 감상성, 아름다움으로써 세

상을 구하고자 하는 '이미구세(以美救世)'의 사상 등으로 나타난다. 전한이 유미주의를 받아들인 이유는 유미주의의 미학관이 그의 '영육조화'라는 사상과 합치되기 때문이다. 이 사상은 휘트먼의 영육조화관의 영향을 받아 형성된 것이지만, 전한은 영과 육 중에서 영을 더 중시하였다. 이는 그가 신낭만주의를 '눈으로 볼 수 있는 사물의 세계로부터 눈으로 볼 수 없는 영혼의 세계로 나아가는 것이고, 접촉이 가능한 감각의 세계로부터 초감각적인 세계를 탐지해 나가려는 노력'으로 이해했기 때문이다.

영육일치 혹은 영육조화라고 하는 것은 5·4시기 사람들이 보편적으로 받아들인 사상이다. 전한이 말한 영육일치의 구호는 개성해방과 이상으로 현실 개선을 추구하는 두 가지 내재적인 의미를 지니고 있는데, 그는 영육일치의 문명적 이상을 세워 영과 육이 일치되는 철학과 미학의 조화로 귀결 지었다.

유미주의는 퇴폐적·감상적인 정조로 많이 드러나는데, 그중에서도 『바이올린과 장미』, 『커피숍의 하룻밤』, 『명배우의 죽음』, 『남으로 돌아가다(南歸)』 등에서는 감상이 농후하게 나타나 있다. 이들 작품의 감상적인 정조는 암흑의 현실에서 출구를 찾지 못하고 방황하는 지식인의 고민이 반영된 것으로 무기력한 인물의 형상을 엿볼 수 있다.

전한은 중국식의 예술지상주의자였기에 유미주의와 예술지상주의를 쉽게 받아들일 수 있었고, 예술을 통하여 세상을 구하겠다는 사상도 가질 수 있었다. 또한, 전한은 유미주의를 받아들이면서 현실적인 면도 함께 받아들이고 작품에 반영하였다. 그러나 1930년에 리얼리즘 문학으로 전향한 이후로는 사회현실반영에 치우치면서 그의 작품 속에서 유미주의적인 퇴폐성과 감상성은 거의 찾아 볼 수 없게 되었다.

문학 in

정풍운동

정풍운동은 1942 ～45년 중국 공산당이 당원 일반을 대상으로 마르크 스－레닌주의를 교육하고 당내 기풍을 쇄신하기 위해 일으킨 운동으로, 1942년 연안을 중심으로 처음 전개되었다. 이후 1948 · 1950 · 1957년 대 규모의 정풍운동이 벌어졌고, 1964년에는 '문예정풍(文藝整風)'이라는 구 호까지 나타났다.

모택동이 공산당 내의 제1인자로 부상하게 된 핵심사건은 1938년 10 월 마르크스주의의 '중국화'라는 문제였다. 즉, 마르크스주의는 중국의 상황에 알맞게 변형되어야 하고 중국인의 국민성과 문화전통을 수용해야 한다는 것이었다. 즉, 모택동은 중국 공산당 내의 일부 지도자들과는 달 리 소련 내의 공산당 운영방식에 대한 직접적인 지식도 없었고, 마르크스 나 레닌의 저서를 원어로 읽을 수도 없었다. 그러나 그는 자신이 중국의 사정에 대해서는 더 잘 알고 있다고 주장했다.

모택동과 유소파(留蘇派: 소련 지향적인 공산주의자들) 사이의 불화는 1942 ～43년의 정풍운동(整風運動)에서 표면화되었다. 이 운동은 1937년 이래 늘어난 수만 명의 신규 공산당원들에게 당조직에 대한 마르크스 이 론과 레닌의 원칙을 설명해 주는 기본교육의 제공을 그 목적으로 했다. 그러나 이에 못지않은 이차적인 목표는 모택동이 말하는 이른바 외국 교 조주의, 즉 소련의 방식을 무조건 답습하고 소련의 지령에 맹종하는 태도 를 버리게 하는 것이었다. 정풍운동은 모택동에게 충성하지 않는 자들을 가혹하게 숙청하는 형식을 취했다.

11강

노사(老舍)

*"도시 빈민의 삶, 전통 가치의 몰락,
중국 사회의 어두운 현실을 묘사한다"*

노사의 삶

노사는 북경 출신으로 1899년 2월 3일(음력 12월 23일) 북경 서성(西城)의 호국사(護國寺) 근처 '소양가(小楊家)'라 불리는 빈민촌에서 태어났다. 노사는 그의 필명이며, 본명은 서경춘(舒慶春)으로 그의 부친이 '경사스러운 봄'이라는 의미로 지어 준 것이다.

1922년 그는 천진으로 가서 남개중학교의 국어 평교사로 부임했다. 이듬해에 그는 남개중학교의 교사직을 사임하고 북경으로 돌아와서 북경교육회의 서기직을 맡았다. 그는 항상 노모의 생계를 염려하여 북경을 벗어난 직장은 구하려 하지 않았다. 그러나 혼사 문제로 모친과의 관계가 불편해지고, 첫사랑의 실연 등의 복합적인 요인으로 말미암아 런던행을 결심했다.

1924년 여름, 노사는 런던대학 동방학원의 중국어 강사 자격으로 상선을 타고 영국으로 떠났다. 그는 5년간 동방학원에서 중국어와 한문을 담당했고, 런던에 도착해서는 먼저 와 있던 허지산(許之山)과 함께 지냈다. 1929년 그는 동방학원과의 계약이 만료됨에 따라 영국을 떠날 것을 학원 측에 통보했다. 그 후 파리를 중심으로 3개월간 유럽을 유람했다. 여행계획은 일정치 않았고, 결국 여비가 부족하여 파리에서 귀국할 여비를 꾸어 싱가포르행 여객선을 탔다. 20여 일 동안의 항해로 싱가포르에 도착한 노사는 임시 일자리를 구해 지내면서 싱가포르에서 화교들의 생활상을 통해 그들을 대상으로 작품을 구상하기에 이르렀다. 1930년 노사는 5년여의 이국생활을 청산하고 상해로 돌아왔다. 이후 북경에 도착하자 여러 곳에서 그를 초빙하는 문학 강연회가 자주 열렸다. 이때부터 알게 된 호결청(胡潔靑)과 이듬해 여름 결혼하였다.

그는 1934년 항주와 남경을 거쳐 상해의 문단상황을 자세히 검토하였으나, 작가로의 직업전향이 현실적으로 불가능함을 인식했다. 그는 당시 산동대학의 초빙을 받고 교수직에 복귀했다. 같은해, 한 해 동안 쓴 작품 모음집과 최초의 단편소설집이 출판된 것 외에, 40여 편의 단문과 장편소설을 집필하였다. 1936년 그는 본격적인 작가로의 직업전환을 신중하게 검토했다. 이에 처음으로 심혈을 기울여 발표했던 작품이 바로 그의 대표작이라고 할 수 있는 『낙타상자』이다.

1946년 노사는 미국 국무성의 초빙으로 극작가 조우와 함께 미국으로 건너갔다. 미국에 도착한 그들은 예정대로 1년간 각 지역을 다니면서 공연과 강연을 했다. 이듬해 조우는 일정을 마치고 곧장 귀국하였으나, 노사는 계속 뉴욕에 체류했다. 1949년 노사는 귀국을 결심하고 미국을 떠날 준비를 한다. 중국은 10월 1일 중화인민공화국의 성립을 선포함으로써, 오랫동안 끌어온 내전이 종결되었다. 고국으로 돌아온 노사는 새로운 중국의 화극계의 핵심인물로 활동을 재개했다.

1950년 그가 발표한 화극 『용수구』의 성공적인 상연으로 인해 북경시장이 부여하는 '인민예술가'라는 칭호를 얻었다. 1962년 건강이 악화되면서 문단 활동도 현저히 감소하였다. 1966년에는 반당분자로 비판을 받아 8월 23일 북경시 '문련(文聯)'의 20여 명의 간부와 함께 홍위병에게 심한 구타를 당했다. 노사는 24일 『모택동시사』를 들고 운동에 참가하기 위해 나갔다. 그러나 그는 25일 오후 태평호 서쪽 언덕에서 시체로 발견되었고, 아무런 검시(檢屍)도 하지 않은 채 공동묘지에 묻혔다. 노사는 사후에도 계속 비판을 받다가 문화대혁명을 주도했던 강청, 임표 등 사인방이 퇴각한 뒤, 사후 12년이 지난 1978년에 명예가 회복되었다.

노사의 작품

용수구

항일전쟁 기간에 장르를 막론하고 작가 노사가 심혈을 기울여 창작하고자 했던 것이 항전과 관련된 것들이었다면, 신중국이 수립되고 나서 노사의 창작소재가 변한 것은 필연적이라고 할 수 있다. 화극 분야에서 그 대표적인 예로 거론되는 작품이 바로『용수구(龍鬚溝)』이다. 이는 신중국 수립 직후인 1950년 9월『북경문예』창간호에 제1막이 발표되었고, 1951년 1월에 북경 대중서점에서 출판되었다.

용수구는 북경 남쪽 교외에 있는 불결한 개천의 이름이다. 폭이 약 3m고 길이는 약 150m 정도 된다. 용수구는 신중국 수립 이전에는 사람들의 관심 밖으로 밀려났던 소외된 지역이었다. 신중국 수립 이후 새로운 북경 건설을 추진하던 정부 방침에 따라 대대적으로 환경이 개선된, 그야말로 신중국 수립의 긍정적 효과를 톡톡히 본 상징적 역사라고 할 수 있다.

이 작품은 이러한 현실 소재를 무대로 옮겨놓은 작품으로서 개천에 사는 사람들의 달라진 생활모습과 운명을 묘사함으로써 신중국 수립이 평범한 주민들에게 가져다준 엄청난 변화를 그려내고 있다. 새로운 나라를 건설하고 나라 발전의 방향성을 모색하던 시기에 발표된 작품 발표의 시기적 적절성이나 관객에게 친숙하게 받아들여지는 인물 설정의 리얼함 등으로 말미암아 『용수구』는 1950년대 초 중국 문단에서 대표적인 화극으로 평가되었고, 나아가 노사는 '인민예술가'라는 칭호를 받기에 이른다.

차관

『차관(茶館)』은 1957년 7월에 『수확』 창간호에 발표되었고, 1958년 6월에 중국희극출판사에서 출판된 작품으로, 노사 화극의 대표작이며, 중국 현대화극을 대표하는 작품이다. 이 작품은 청나라 말기와 민국 초기, 그리고 항일 전쟁 승리 이후 등의 세 역사 시기를 배경으로 하여 조정의 부패함과 제국주의의 침략, 군벌 혼전, 국민당의 부패한 통치와 이로부터 고통받는 백성들의 고통을 그려내고 있다.

노사는 『차관』에서 정치가, 자본가, 상인, 농민, 경찰 등 차관을 출입하는 온갖 부류 인간들의 운명과 그들 상호 간의 관계를 통하여 시대와 역사발전의 추세를 가감 없이 묘사하고 있다. 그는 이 작품을 통하여 차관이라는 사회를 분석하여 세 시대의 부패함을 드러내고 구시대를 비판함으로써 새로운 시대를 맞이할 것을 암시한다.

구체적으로 작가는 한 막에 하나의 시대를 담아 50여 년에 걸친 사회의 모습과 세 명의 등장인물의 운명을 펼쳐 보였다. 선량하면서도 자기중심적인 성격으로 능수능란한 처세로 차관을 꾸려나가려 하지만 끝내는 시대의 압박에 견디지 못하고 자살하고 마는 찻집 주인 왕리발, 정의감 넘치는 애국자이지만 노점 상인으로 전락하는 상대인, 유신운동의 결과물로 생겨난 민족자본가로서 의욕이 넘치지만, 파산의 길을 걷고 마는 진중의 등의 모습은 당시 중국의 역사적 운명을 함축적으로 잘 보여주는 사례이기도 하다.

이 작품은 수십 년에 걸친 역사적 변모를 그려가는 데 있어, 주요 인물은 묘사할 때 그 인물의 젊은 시절부터 노인 시절까지 그려내고, 그 밖의 인물들은 부자로 전승되는 방법을 사용함으로써 극의 일관성을 유지하도록 하였다.

『차관』은 1958년에 북경 인민 예술극장에서 초연된 이래 최근에 이르기까지 여러 차례 공연되었다. 1980년에는 프랑스·독일·스

위스 등지에서 공연되었는데, 이 당시 공연은 중국의 화극이 외국에서 공연된 첫 번째 사례로 기록된다. 이후에도 『차관』은 한국을 비롯한 세계 각지에서 공연되었고, 중국 국내는 물론이고 해외에서도 호평을 받을 정도로 중국 현대화극을 대표하는 작품이다.

노사의 소설

노사는 모순, 파금 등과 함께 1930년대 중국의 걸출한 장편소설 작가이다. 그는 1926년에 『노장적철학(老張的哲學)』을 『소설월보』에 연재하면서 문단에 등장하였다. 『노장적철학』은 북경의 시민사회를 소재로 삼아 당시 장편소설이 오직 애정과 혼인을 소재로 했던 협소한 범위를 깨뜨리고 독자적인 풍격을 고수하였다. 또한, 그는 그만의 북경어와 유머로 문단에서 주목을 받았으며, 그의 소설은 단행본으로 나오자마자 절판될 정도로 인기가 있었다. 노사는 당시 영국에 있었기 때문에 특별히 어느 문학단체에 가입하지 않았으며 사상적으로나 기교 면에서 독자적으로 자유로운 작품 활동을 펴나갈 수 있었다.

노사는 이때부터 시작하여 1966년 세상을 뜰 때까지 창작생활을 계속하여 14편의 장편소설, 5편의 중편소설, 5집의 단편소설집을

남겼다. 소설 외에도 시·산문·화극 등 여러 형식으로 많은 작품
을 남겼다. 1937년 항일항전에 참가한 이후에는 소설보다는 희곡
등 통속문예에 더 관심을 두었고, 중국 성립 이후에는 사회주의 체
제와 모택동 정책을 찬양하는 극본을 주로 썼다.

노사의 단편소설들은 도시 빈민의 비참한 삶이나 전통적 가치가
몰락하는 현실 묘사를 통해 전환기에 처한 중국사회의 어두운 현
실을 드러내 보이고 있다. 노사 자신은 단편소설을 쓰게 된 직접적
인 동기를 단순히 상해사변 이후 간행물이 증가하고 각처에서 원
고 청탁이 들어왔는데 동시에 여러 편의 장편을 쓰는 것은 불가능
했기 때문이라고 밝히고 있다. 하지만 단편소설의 창작은 그로 하
여금 자신의 문화적 변화를 추구할 기회를 제공했다.

노사는 단편 창작을 통해 다양한 형식을 실험하는 가운데 전통
문학의 형식적 요소를 적극적으로 수용하였는데, 이것은 노사의 단
편 창작이 문학세계의 변화의 추구라는 차원에서 진행된 것임을
보여주는 것이다.

월아아

1930년대에 활동했던 작가 가운데 노사의 『월아아(月牙兒)』는 내
용 면에서뿐만 아니라 그 내용의 내적 구조 면에서도 독특한 성격
을 잘 보여주고 있다. 노사는 1930년대 중국민족의 위기의식을 바
탕으로 『월아아』에서 도시빈민계층, 특히 여성이 겪는 비극적 운명
을 보여주고 있다. 이 단편소설은 여성문제를 사회구조적 차원에서
조망하고 있다는 점에서 1920년대 및 1930년대의 여성소설 가운

데 가장 뛰어난 작품의 하나라고 평가되는 작품이다.

이 작품의 큰 특징은 서정성이 강한 산문시의 성격을 띠고 있다는 점이다. 다시 말해 서사구조 면에서 사건보다는 등장인물의 심리 묘사를 중심으로 이야기를 전개함으로써 주인공의 정서와 감정을 매우 잘 드러내고 있다. 이와 함께 간결하고도 함축적인 문투와 상징수법을 이용하여 시적인 맛을 강하게 표현하고 있다. 이러한 특징적인 면을 살펴볼 때 이는 시민사회에서 삶의 가장 어두운 하층으로 내던져져 억압받고 모욕당하는 자의 비극서정시라 할 수 있다.

낙타상자

1936년 완성된 노사의 대표적인 작품 『낙타상자(駱駝祥子)』는 현대문학에서 최고의 걸작으로 평가되며 전 세계적으로 번역되어 읽히고 있다. 『낙타상자』는 북경에 사는 가난한 인력거꾼 상자의 인

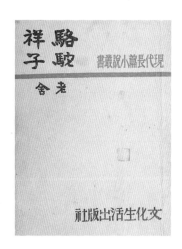

생을 통해 보편적인 인간들의 삶의 어려움을 그려나가면서, 북경 시민들의 비참한 삶과 그들을 둘러싸고 있는 권력의 부패와 횡포, 무질서를 그리고 있는 작품이다. 어두운 현실을 날카롭게 묘사하여 비판적 리얼리즘의 새로운 경지를 개척했으며, 1945년 미국에서 『릭쇼보이(Rickshaw Boy)』라는 제목으로 번역 출판되자마자 베

스트셀러 1위에 오르면서 노사를 인기작가로 만들어 준 작품이다.

『낙타상자』는 5·4운동 이후 도시 빈민의 비참한 생활을 묘사한 우수한 장편소설로서 구사회를 신랄하게 비판하고 있다. 『낙타상자』는 그 주제 사상의 깊이와 폭, 그리고 인물 형상의 창조 등 모든 면에서 이전에 쓴 작품을 훨씬 능가한다. 예술적으로도 매우 원숙한 작품으로 독특한 풍격을 지니고 있다. 이 작품은 상자를 생활 모순의 중심에 놓고 그의 비참한 운명과 성격변화를 작품의 주된 연결고리로 하여 현실생활 속에서 부딪치는 다양한 고난을 매우 적절하게 구성하였다. 또한 작품 속에서 인물과 스토리 전개가 유기적으로 잘 결합되어 복잡한 당시의 사회생활을 잘 반영하였다.

작품의 인물 형상은 상당히 생동적이며 선명하다. 작자는 평이한 서술과 세밀한 심리 묘사로 인물의 내면세계와 성격 특징을 중점적으로 드러내고 있다. 예를 들면, 상자가 인력거를 사기 위해 아껴 먹고 아껴 쓴 일, 인력거를 산 이후에는 환상에 잠겨 아름다운 미래를 동경하는 등에 대한 묘사는 감동적이기까지 하다. 기타 악독한 인력거점 주인, 온순한 복자, 뻔뻔스러운 호뉴 능의 인물형상도 매우 선명하여 사람들에게 깊은 인상을 준다. 이처럼 인물들을 생동적으로 쓸 수 있었던 것은 작자가 오랜 기간의 관찰을 거쳐 자기가 묘사하려는 인물들의 성격 특징을 깊이 파악하였기 때문이다.

작품의 언어는 소박하고 통속적이며 간결하고 유려하다. 작품에는 억지로 짜낸 유머도 보이지 않는다. 이 때문에 사람들은 간결하고 소박한 언어 속에서 아름다움과 함축성을 느낄 수 있다. 이 밖에도 자신이 익숙한 북경어를 재치 있게 다듬어 작품 속에서 농후한 북경 특유의 언어적 색채와 생활적 분위기를 잘 드러냈다.

* 현진건의『운수 좋은 날』과의 비교

『낙타상자』에서와 마찬가지로 현진건의『운수 좋은 날』에서도 김첨지라는 인력거꾼이 등장한다. 이 소설의 주인공 김첨지 역시 그 시대 한국의 하층민 생활을 대표하는 인물로서, 하루 밥 벌어 살기도 힘든 삶을 살고 있다. 앓아누워있는 아내가 있지만, 돈이 없어 병원에 데려가지도 못하고, 아내가 죽어가고 있던 그 순간에도 시내 이곳저곳을 달리면서 돈을 벌어야만 했다. 김첨지가 하루 동안 적은 돈을 벌어 잠시의 행복에 빠져 있을 때 기다렸다는 듯이 다가온 아내의 죽음이라는 불행은 인력거라는 상자의 유일한 소원이 항상 다른 이들에 의해 이루어지지 못한다는 점과 매우 유사하다.

『운수 좋은 날』의 주인공 김첨지와『낙타상자』의 주인공 상자는 스스로 노동하여 살아가는 순진한 인력거꾼들일 뿐이지만 이들의 삶은 아이러니하게도 그들의 마음과 같지 않았다. 이 둘은 암울한 시대적 상황에 의해 자신의 의지대로 살아가지 못했던 그 당시 하층민의 생활을 대표하는 인물이다.

사세동당

항일항전기에 일본이 점령한 북평(현재의 북경)을 제재로 하여 이 곳에서의 어려움과 고통을 겪는 중국민들의 생활을 중점적으로 묘사하면서 그들의 불타는 애국주의 사상과 민족적 지조를 표현하였다.

기씨네 조손 4세대를 중심으로 하여 그들과 한 골목에서 살지만, 직업·신분·사상이 각기 다른 사람들의 형상을 생동적으로 묘사함으로써 복잡다단한 사회생활을 소설의 화폭에 담았다. 작품에 등장한 이 인물들은 나라를 잃은 비운에 처하여 모두 다 혹독한 시련을 겪고 있었다. 혈기 왕성한 애국 청년들은 망국의 치욕에 못 이겨 목숨을 내걸고 일본과 대결하였으며, 어떤 사람은 생명의 위험을 무릅쓰고 북경을 빠져나가 항일전선에 뛰어들었다. 그러나 대다수 사람은 여러 가지 원인으로 하여 북경을 떠나지 못하고 망국노의 쓰라린 생활을 하였다. 그러나 그들은 자기는 중국인이라는 것을 시종 잊지 않고 있었으며, 고아복의 희망과 신념을 안고 다양한 방식으로 반항 투쟁을 하였다. 작품은 적지 않은 분량으로 일제 침략자와 반민족적 행위자들의 잔인성과 취약성을 어김없이 폭로하였다.

이 작품에서는 한 사람이나 한 집, 또는 한 가지 사건을 중심으로 한 것이 아니라 한 골목에 사는 전체 주민의 생활을 묘사하였는데, 무려 18가정과 130명의 인물에 달한다. 그중에서 이름이 나오는 사람만도 60여 명이다. 이 많은 인물이 각기 자기의 독립적인 위치를 가지고 있다. 작품은 그들 간의 복잡한 관계를 통하여 당시 북경의 사회적 면모를 폭넓게 반영하였으며, 일본침략자들이 중국민의 가슴에 안긴 상처를 깊이 드러냈다.

작가는 이처럼 중국 역사에서 가장 어려웠던 시대의 한 페이지를 기록했으며, 작품의 편폭이 넓고 인물이 많으며 내용이 광범하고 풍부하여 역사적 의의를 갖춘 대작이라고 평가할 수 있다.

문학 in

북평의 유래

　1928년 중화민국 정부가 남경으로 천도하면서 북경의 행정구획인 경조지방(京兆地方)을 폐지하고 북평특별시(北平特別市)를 두었다. 그리고 1930년 6월 북평은 하북성의 성할시(省辖市)가 되었다가 같은 해 12월 원할시(院辖市)로 승격되었다. 그러나 이때에 북경은 수도로서의 지위를 지니지는 못하였다.

　1937년 칠칠사변(七‧七事变) 이후 북평은 일본에 점령당하였으며 이곳에 중화민국 임시정부가 수립되어 북경으로 개칭하였다가 1945년 일본의 패망과 더불어 제11전구(第十一战区)의 손연중(孙连仲)이 점령하면서 다시 북평으로 개칭되었다. 1949년 1월에 인민해방군이 북경에 진주하였고 9월 27일 중국인민정치협상회의 제1차 전체회의에서 '중화인민공화국 국도, 기년, 국기에 관한 결의(关于中华人民共和国 国都, 纪年, 国歌, 国旗的 决议)'에 의거 다시 북경(北京)으로 개칭되었으며, 1949년 10월 1일 중화인민공화국 정부가 북경에서 수립되었다.

12강

서지마(徐志摩)

"짧은 인생, 온전히 사랑을 위해"

서지마의 삶

서지마는 절강성 해녕(海寧)의 한 부호 집안에서 태어났다. 북경대학을 거쳐 1918년에 미국으로 유학을 떠나 클라크대학에서 경제학을 공부하면서 중국의 해밀턴이 되고자 꿈꾸었다. 1920년 9월에 석사학위를 취득한 그는 러셀에 심취하여 컬럼비아대학 박사학위 과정을 포기한 채 영국으로 떠났다. 1920년 10월에서 1922년 8월까지 유학한 케임브리지에서 그는 삶의 전환점을 맞이한다. 이곳에서 운명의 여인 임휘인을 만났고, 바이런·셸리·키츠 등 낭만주의 시인의 영향을 받아 처음으로 시를 썼다.

또한, 러셀·디킨슨·카펜터·맨스필드 등과 교류함으로써 수구 인문주의 철학과 정치·문학·예술의 영향을 받아들여 자유주의적이고 자아중심적인 인생철학을 형성하게 되었다. 시인은 "나의 눈은 케임브리지가 뜨게 해 주었고, 나의 지적 욕구는 케임브리지가 일깨웠고, 나의 자아의식은 케임브리지가 배태시킨 것이다"고 하였다.

그는 1922년에 귀국하여 북경대학, 남경중앙대학 등의 교수를 역임했고, 1924년에 호적 등과 주간 잡지『현대평론』을 만들었다. 그 해에 타고르가 중국을 방문하자 통역을 담당하였다. 1926년에『신보』의『시전』을 주편하고, 1928년에 문일다 주편의 월간지『신월』을 창간하였다. 문일다·소순미·손대우 등과 신월파로 활약하면서 현대시의 율격을 추진하여 당시 시단에 큰 영향을 미쳤다.

서지마는 신월파의 대표 시인으로, 사랑, 자유, 아름다움에 대한 집착적인 추구와 그것을 얻지 못한 고뇌와 실망, 삶의 우수를 시의 주제로 삼아 절실하게 표현하여 중국 최고의 낭만 시인으로 평가된다. 물론, 그도 1920년대 중국의 어두운 현실과 군벌전쟁에 대한 불만, 사회 하층계급의 참상 등을 묘사함으로써 다시 사회에 대한 강렬한 불만을 표현하였다. 그러나 그는 개인의 자유와 개성을 발전시키는 것을 가로막는 모든 이념과 사상에 반대했고 노신과 태양사의 혁명문학을 공격한 신월파의 대표 인물이었기 때문에 중국이 공산화된 뒤로 줄곧 비판을 받았다. 1968년에는 그의 무덤이 폭파되고 불태워지는 참변을 당하기도 하였다. 그러나 1983년에 그의 무덤이 다시 복구되고『서지마 시집』이 간행되기 시작하면서 본격적으로 새롭게 평가받고 있다.

서지마의 사랑과 세 여인

장유의

임휘인

육소만

서지마의 짧은 인생은 온전히 사랑을 위한 것이었다 해도 과언이 아니다. 그가 위대한 시를 지은 것도 그가 가장 사랑하는 여인을 위해서였고, 그가 삶을 마감한 것도 한 여인을 위해서였다. 서지마의 아름답고 슬픈 사랑 이야기는 현대인에게 감동을 주어 마음 깊은 곳으로부터 공감하게 한다. 그는 "저는 망망한 인간의 바다에서 내 유일한 영혼의 짝을 찾으려 합니다. 찾으면 저의 행운이요, 찾지 못하면 저의 운명입니다"라고 했는데, 이는 시인이 스스로 자신의 짧은 일생을 해설한 주석이라고도 볼 수 있다. '영혼의 짝'을 찾기 위해 시인은 일생 세 번의 커다란 감정 변화를 겪었고, 장유의(張幼儀), 임휘인(林薇因), 육소만(陸小曼) 세 여인의 삶과도 얽혀야 했다. 그들은 함께 시인 서지마를 창조해냈고, 그들 각자도 시인으로 인해 자신들의 운명을 수정해야 했다.

첫 부인 장유의는 소주사범학교 출신이다. 당시 절강성의 부호이던 두 집안의 혼약으로 시인과 열여섯 살에 결혼하였지만 둘째아이를 임신한 채 이혼에 합의하는 아픔을 겪는다. 그녀는 이혼한 뒤 독일에서 홀로 아이를 출산하고, 페스탈로치대학에서 유아교육을 전공하였다. 귀국하여 서지마의 부모를 봉양하면서 운상회사와 상해여자저축은행 등을 경영하여 큰 성공을 거두었다.

그녀의 종손녀가 1996년 9월 미국에서 출판한 영문저서『전족과 양장─장유의와 서지마의 가정과 그 변화』에 의하면, 그녀는 이혼한 뒤에도 서지마 부모님의 수양딸이 되어 서지마의 아들과 손녀를 잘 보살폈고, 대만판『서지마 전집』도 주도적으로 계획하여 출간했다고 한다. 서지마는 1922년에 이혼할 당시「웃으며 번뇌의 매듭을 풀고─유의에게 드림」이라는 시에서 통절하게 봉건예교를 비난하면서 쓰디쓴 번뇌의 매듭을 풀고 자유를 찾은 기쁨을 노래하였다.

그의 두 번째 여인인 임휘인은 절강성 항주 출신으로 아버지 임장민을 따라 영국에 가서 1920년에 런던 성마리학원에 합격하였다. 서지마는 영국에서 임장민을 찾아갔다가 그녀를 만나 첫눈에 반하였다. 당시 임휘인은 여덟 살 연상인 서지마가 구애하자 마음이 흔들렸는데, 그녀는 이미 국학의 큰 스승 양계초의 장자 양사청과 혼담이 오가고 있었다. 서지마는 그녀와 결혼하기 위해 장유의에게 이혼을 요구하였다. 그러나 임휘인은 1921년 가을에 중국으로 돌아와 서지마 대신 양사청을 선택하였고, 1928년에 그와 결혼한 뒤 미국으로 유학을 떠나 건축과 무대예술을 공부하여 중국 건축학 방면에 많은 업적을 남겼다.

이 일로 많은 이들이 그녀가 서지마의 구애에 우유부단한 태도를 보임으로써 그를 고뇌에 몰아넣었다고 오해하였다. 또한, 서지마가 그녀의 강연을 들으러 가던 중에 비행기 조난사고를 당한 것을 두고도 그녀를 비난하였다. 그러나 그녀는 세상의 이목에 상관하지 않고 그가 죽은 뒤 「지마를 애도하며」, 「서지마의 죽음 4주년을 기념하며」 등의 작품을 통해 그에 대한 사랑과 우정을 솔직하게 표현하였다. 시인의 영향으로 그녀는 1931년 봄부터 시를 지었다. 만약 서지마가 없었다면 그녀가 신월파의 명성 높은 여류 시인이 되기는 힘들었을 것이다.

서지마의 세 번째 여인은 육소만이다. 서지마는 임휘인으로 인하여 낙심하지만 이후 요염하고 정열적인 여인 육소만(陸小曼)을 만나 재혼을 한다. 육소만은 서지마 친구의 아내였다. 그녀는 서지마와의 결혼을 위해 이혼까지 하였다. 서지마가 임휘인의 강연을 듣기 위해 가다 비행기 사고로 죽기 바로 전날에도 불같은 성격의 그녀는 서지마를 담뱃대로 때리며 화를 낼 정도로 감정이 격한 여자였다. 이에 서지마는 상해의 집을 나와 남경을 거쳐 임휘인을 만나러 북경으로 가다 불귀의 객이 되었다.

서지마의 시

서지마는 쟁론이 분분한 시인이며, 이 쟁론은 최근에 비롯된 것이 아니다. 칭찬하는 사람은 중국의 천재 시인이라 하였고, 비방하는 사람은 가장 나쁜 시인이라 하였다. 그는 매우 복잡한 시인이라고 볼 수 있다.

1928년 2월 이전 그의 사상적 경향은 「밝은 별을 찾으려고」가 대표적이라 할 수 있다.

밝은 별을 찾으려고

나는 절룩이는 눈먼 말을 타고
캄캄한 밤을 향해 채찍질한다
캄캄한 밤을 향해 채찍질하며
나는 절룩이는 눈먼 말을 타고 있다

나는 이 캄캄한 밤으로 돌진한다
밝은 별을 찾으려고
밝은 별을 찾으려고
나는 이 캄캄한 황야로 돌진한다

지쳤다. 내 가랑이 아래 짐승은 지쳐버렸다
그 밝은 별은 여전히 나타나지 않고
그 밝은 별은 아직 나타나지 않았다
지쳤다. 안장 위의 몸마저 지쳐버렸다

이때 하늘에서 수정처럼 밝은 빛이 스며 나오고
들야에 쓰러진 짐승 한 마리
이때 하늘에서 수정처럼 밝은 빛이 스며 나온다

　서지마는 뒤늦게 출발한 시인 중 한 사람으로, 24세 이후에 비로소 시를 쓰기 시작하였으며, 매우 진지하게 각고의 노력을 쏟아 시를 썼다. 그는 시체(詩體)에서 여러 방면으로 시도하여, 「안녕! 케임브리지」 같은 자유시, 「독약」 같은 산문시 등 수많은 신격율시를 썼다.

안녕! 케임브리지

살며시 내가 왔듯이
살며시 나는 가련다
살며시 손을 흔들며
저녁 하늘의 구름과 작별하리라

강가의 금빛 버들은
석양 속의 어여쁜 새 신부
물결 속 어른대는 고운 그림자
내 가슴에 출렁출렁 물결이 이네

이 작품은 1928년에 시인이 수년 전 유학한 케임브리지를 다시 찾아가서 느낀 그리움과 이별의 슬픔을 담은 것이다. 그의 정신적 고향이라고 볼 수 있는 이곳에 대한 감정은 아름다운 대자연의 경치와 하나가 되어 담담한 슬픔이 묻어 나온다. 또한, 현대구어는 대체로 2, 3음절로 이루어지기 때문에 자수를 획일화하기보다는 읽을 때 끊어지는 단위로 하여 중국 현대시를 새롭게 개척해 나갔다.

서지마의 산문

　서지마는 시가와 산문 두 방면 모두에서 탁월한 작가이다. 산문
은 시가에 비하여 그의 개성을 드러내는 데 더욱 적합하였다. 사람
들에게서 인정받은 그의 진솔 담백한 성격과 시 속에 응집된 아름
다운 정서와 심오한 사상이 오히려 산문에 더 잘 녹아 있는 경우를
많이 발견할 수 있다. 즉, 서지마의 산문에는 그의 예술 풍격과 창
작개성이 충분히 표현된 서정산문이 많으며, 자아의 묘사와 자아
내부의 감정이 중심이 되고 있다.

　서지마의 다섯 권의 산문집 『자부집』, 『낙엽』, 『파리의 편린』, 『가
을』, 『사랑하는 소만에게 보내는 편지』에는 서사성·서정성·설리성
(說理性)이 혼재되어 있다. 『자부집』은 「자부」·「재부」·「구의」 등 자
신을 해부하는 글로서, 자신의 내부에 존재하는 문제점과 현실사회
와 조화되지 못하는 갈등과 당시의 사상과 정서를 담고 있다.

자신의 내심을 고백한 글 이외에 문인들을 평론한 글과 풍경과 명승지를 묘사한 글, 죽은 친척과 친구를 그리워하는 글도 간혹 실려 있다. 산문집 『낙엽』은 1925년에 출간된 작품집으로 인도주의 사상과 해법이 잘 나타난다. 개인의 인식을 기초로 하여 내면의 잠재된 능력을 발휘하고 향상시키고 계발하려는 노력을 기울였으며, 사랑과 동정을 삶에서 실천하려고 시도하고 있다. 서지마에 있어서 자유연애와 사랑은 생명을 실현하는 일이었으므로 자유연애와 사랑을 반대하는 현실과 전통적인 예교에 대한 거부와 반항을 나타내고 성애와 정감을 새롭게 바라보는 계기가 된다.

서지마의 작품에 나타난 주요 관심사는 '인도'에 대한 태도이다. 그의 작품의 내용은 자연과 인간의 관계, 사회에 대한 비판 등으로서 외부세계의 가시적 경험으로부터 시작하여 깊이 있는 내부세계로 연결되는 방식으로 전개되는 경우가 많다. 다시 말해서 삶을 어떻게 영위해야 하는지, 그리고 열정 속에서 사람과 사람의 문제가 어떤 모습으로 사회에 반영되는지를 작품을 통하여 나타내고 있다. 또한 자연과 사람의 관계는 자연의 아름다움에 대한 예찬과 외경으로까지 나타나고 있다.

서지마는 현대 산문사상 산문의 범위를 확대시킨 작가로 인정받고 있는데, 농염한 필치로 자신의 내부 감정의 묘사에 능해서 개인의 풍격을 창조하여 5·4시기의 산문가들 가운데서 독특한 풍격을 차지하고 있다는 평가를 받고 있다.

서지마의 낭만주의

아름다운 서정시와 낭만적인 문장으로 중국 현대문학의 한 시대를 풍미하였던 서지마는 뛰어난 시인이자 빼어난 산문가이다. 그는 시와 산문뿐만 아니라 화극·소설·번역물들에 이르기까지 다양한 장르에 걸쳐 매우 포괄적이고 광범위한 창작과 저술 활동을 전개하였다. 육소만과 주고받았던 사랑의 편지, 일기, 초빙 연설문 및 강의 자료들을 통해서도 그의 문학적 재능이 대단히 폭넓은 영역에서 발휘되었음을 알 수 있다.

그러나 대다수 중국 사람들, 특히 1985년 중국 현대문학 연구의 새로운 시작이 열리기 전의 중국 사람들에게 서지마는 자유연애를 추구하였던 부르주아 시인, 서구의 낭만주의와 개인주의에 물든 문학가, 서구의 신사 풍조를 대변하는 문학단체인 신월파를 이끌었던 사람으로 알려졌다. 이는 그가 미국과 영국의 유학생활을 거치는 동안 자유를 존중하는 서구 개인주의 사상과 서구 근대철학에 기초를 둔 낭만주의 문예사조에 영향을 받고 이를 중국에 전래시켰기 때문이다. 이 때문에 여러 영역에 걸쳐 다양한 모습으로 자신의 세계를 표현한 서지마의 문학은 불행하게도 많은 연구가 이루어지지 못하였다. 서지마의 문학사상과 정치이념이 현대 중국의 정치이념이나 국가제도와는 정면으로 배치되기 때문에 그에 대한 연구가 상대적으로 매우 홀대를 받았던 것이다.

이는 문학이 정치에 종속되어 정부의 감시 때문에 문학의 소재와 주제조차도 자유롭게 선택하지 못했기 때문이다. 사회주의 국가인 중국의 이러한 사정에 따라 서지마의 창작과 문학에 대한 열정은 비록 중국 현대문학사에서 한 시대를 화려하게 장식하였음에도 그에 합당한 평가나 대접을 받지 못하였다. 모순의 평가처럼 그는 중국 현대문학사에서 시와 함께 잠시 잊혀야만 했던 부르주아 문학의 대표시인이자 산문가였던 것이다. 이는 물론 정치제일주의가 가져온 왜곡된 현상이다.

서지마는 혁명을 위해 복무하는 문학을 거부하였고, 자연스럽게 많은 사람의 관심 밖으로 밀려났다. 서지마는 자신의 사상에만 집착하여 당시의 중국사회상황에 대한 인식과 중국인들이 처한 현실을 정확히 파악하지 못한 채 이상만을 고집한 작가로 각인되었다. 그러나 1980년대 이후에는 변화하는 시대와 함께 서지마에 대한 평가도 새롭게 제기되기 시작하였다. 서지마 연구의 방향은 주로 신월파로서의 활동상황, 낭만적이고 서정적인 시풍, 봉건주의에 맞선 자유연애와 이상의 실현 등에 대한 주제를 중심으로 진행되었다. 사회주의 국가인 중국이 개혁개방 정책을 도입하여 자본주의

체제로 점진적인 변화를 유도하는 과정에서 부르주아 문학가라고 단정 지었던 서지마를 자연스럽게 거론하게 된 것이다.

사상이나 내용적 측면뿐 아니라, 형식적 측면에서도 서지마의 작품은 충분히 재고할 만하다. 신월파의 핵심인물인 서지마는 매우 독특한 형식의 작품을 많이 남겼다. 서구의 낭만주의와 개인주의를 표방하는 젊은이들로 구성되었던 신월파는 구시의 격률을 타파하고 운에 입각한 절구, 율시 등에 새로운 격률을 주장하였다. 이들은 5·4신문화운동이 전개된 후에 거세게 불어온 자유시에 신격률을 더함으로써 중국의 근대시와 전통을 접목하기 위해 노력하였으며, 영미시의 각운의 개념을 도입하여 음악성과 함께 시각적인 아름다움도 추구하고자 하였다.

낭만주의 시인으로만 인식되었던 서지마의 문학에서도 낭만적이고 서정적인 정서 이면에 존재하는 이상 실현에 대한 욕망과 인도주의의 모습을 발견할 수 있다. 그 자신이 실천에 옮기면서 세간의 주목을 받았던 자유연애는 이상과 인도주의 정신이 융화되어 일어난 사건이자 봉건적 구습에 대한 저항이었다.

서지마는 산문에서도 시의 정신을 간직한 채 현대 산문의 새로운 모습을 창조하였다. 산문에는 자신의 사상과 이상이 모두 반영되어 있다. 그는 백화의 활용에서도 새로운 영역을 개척하여, 어휘의 음악미뿐만 아니라 회화미를 고려하여 단어를 선택, 사용하였다. 그가 사용한 어휘들은 백화에 기초를 두고 방언이나 고어, 문어, 구어를 가리지 않고 사용했던 점 역시 서지마 특유의 언어미학이 발휘된 것이다.

문학 in

신월파

서지마 · 문일다 · 소순미 등이 1923년에 북경에서 설립하였다. 이 유파를 대표하는 월간지 『신월(新月)』은 1928년 3월에 발간되어, 1933년 6월에 정간되었다. 문일다의 「시적격률(詩的格律)」은 신월파의 예술적 주장을 잘 나타내고 있는 대표적인 문장이다. 여기에서 신월의 의미는 초승달로, 1913년 영국에서 출간된 타고르의 영문 시집 『초승달(신월, The Crescent Moon)』에서 빌려온 것이다. 타고르의 시집 『초승달』은 타고르가 어린이의 마음으로 돌아가서 노래한 다정하고 아름다운 시를 모아놓은 시집이다. 타고르의 아이들에 대한 사랑은 평생 지속되었으며, 『초승달』은 당시의 동양에서는 보기 드문 아동 시집이다.

서지마를 중심으로 한 신월파의 특징은 감상주의와 낭만주의를 반대하는 것이었다. 그들은 시를 짓는 데 감정을 억제하고 시의 형식과 격률을 재창조해야 한다고 주장하였다. 이러한 신월파의 주장은 당시 상류사회의 귀족풍격을 문학에 반영한 것으로서 일종의 귀족주의 표현으로 보고 있다. 신월파의 시는 감상주의를 반대하는 동시에 비교적 객관적인 표현수단을 모색하여, 객관 서정체 시와 화극 독백시를 창작하고 시의 형식과 표현수단을 다채롭게 하였다. 1930년대에 이르러 신월파는 점차 상징주의와 합류하였다.

13강

심종문(沈從文)

"자연스럽고 조화로운 사회의 묘사로
이상 사회의 건립을 꿈꾸다"

심종문의 삶

심종문은 1902년 12월 28일 중국 호남성 봉황현에서 태어났다. 당시 중국인들은 봉건 통치의 심한 압박 아래 있었지만, 그가 자란 호남 지방은 묘족의 거주 지역으로 매우 외진 곳이어서 외래문화의 영향을 비교적 적게 받았으며 순박하였다.

심종문은 바로 이러한 자연과 역사 환경 속에서 군인 세가(世家)의 자손으로 태어나 성장했다. 심종문은 1921년 북경으로 진출하기 이전인 20세까지 소학교와 군대생활을 통하여 호남·사천·귀주 지역의 각양각색의 인물과 접촉하며 인생체험의 범위를 확대해 나갔다. 이 시기에 그는 많은 격식과 새로운 경험들을 얻었을 뿐만 아니라 역사관과 사실에 대한 인식을 확대해 나갔다. 이를 통해 그의 섬세한 관찰능력과 풍부한 상상력이 형성되었으며, 이후의 문학 창작에 많은 영감을 주었다.

1922년 겨울, 그는 마침내 상서를 떠나 북경에 와서 북경대학에 시험을 치고 싶었지만, 학력 미비로 자격조차 주어지지 않았다. 실업에 따른 빈곤과 세인들의 무시 속에서 심종문은 한편으로는 북경대학에서 청강을 하고, 한편으로는 아파트의 좁고 냄새 나는 방에서 창작 연습을 하면서 글을 썼다. 그러나 그의 글은 누구의 눈에도 들지 않았고, 심지어는 편집인의 조소를 받기도 했다. 2년여 동안 어려운 학습 생활과 각고의 노력 끝에 그의 작품은『신보』,『현대평론』같은 이름 있는 잡지에 실리게 되었다. 이 시기 그는 당시 문단의 유명한 인물이었던 욱달부의 방문을 받기도 하였고, 그의 동정 어린 도움과 충고를 받기도 하였다.

1927년 심종문은 상해로 가서 호야빈·정령 등과 공동으로 출판사를 경영하면서 잡지를 편집하는 등 활발한 활동을 전개하였으며 학교에서 문학창작을 가르치기도 했다. 1933년 북경으로 돌아온 심종문은『대공보』문예란의 편집을 담당하였다. 1934년에는「상해파에 대하여」를 발표하여 그 유명한 '북경파', '상해파' 논쟁을 불러일으켰으며, 이 논쟁에서 좌익 작가들로부터 지독한 비판의 표적이 되기도 했다. 그러나 이 시기 그의 문학적 세계는 최고 수준에 도달하여 그의 대표작으로 꼽히는『변성』을 발표하였다.

항전이 전면화됨에 따라 그는 여러 북경대·청화대 교수들과 함께 남하하여 곤명에 이르렀다. 이때 서남연합대학의 교수로 8년간 재직하였다. 항전에서 승리한 이듬해 심종문은 북경으로 돌아와 북경대 교수를 맡으면서 주로 시국과 관련된 평론문을 많이 발표하였는데, 이 시기의 그는 작가라기보다 정론가에 더 가까웠다. 직접 형세에 견주어 의론을 발표하였고, 그 의론의 중심은 내전에 반대하고 있기 때문이다. 1948년 초, 내전과 사회질서의 붕괴는 심종문을 낙담하게 하였다. 비록 그는 공산당이 득세하여 그와 같은 지식분자에게 불리함을 걱정하였지만, 그러나 언론상에서 그는 결코 시대를 좇아 세상에 영합하지 않았다.

심종문은 1948년 이후 그의 작업 중심을 문물 연구 방면으로 옮겨가기 시작하였다. 이 시기에 심종문의 이름은 금기시되었고, 몇몇을 제외하곤 모두 그를 멀리하였다. 1980년대 초에 이르러서야 소설 『변성』이 영화로 제작되었고, 소설과 산문이 모두 선집으로 간행되면서 심종문의 이름은 문단으로 복귀하게 되었다. 그는 1988년 5월 10일 생을 마감하였다.

변성

『변성(邊城)』은 전체가 21장으로 된 장편소설로 스토리의 구성은 복선을 활용하여 유기적으로 서두와 결말을 잘 연결하고 있다. 『변성』은 등장인물인 취취와 그녀의 아버지인 사공을 중심으로 발생한 사건을 그린 작품으로 작가는 시간적·공간적 배경을 명시하지 않고 독자가 추측할 수 있도록 암시적으로 서술하고 있다.

소설의 시간적 배경에 해당하는 중국의 정치와 사회상황은 격변으로 점철되었다. 1910년 신해혁명과 1912년 중화민국의 성립 등 빈

발한 군벌전쟁은 물론 거의 전 국토가 격변의 물결에 휩쓸려 있는 상황이었다. 그러나 작가는 민국 성립 후 몇 년이라는 시간 동안 이야기의 공간적 배경인 시골 마을 다동(茶洞)을 격변기의 중국으로부터 일정하게 거리를 두어 새롭게 허구해 내고 있다. 즉, 작가는 다동이라는 공간을 동시대 중국의 객관적 현실상황으로부터 일정한 거리를 유지하고 있는 공간으로 삼기 위한 장치의 하나로 다동의 지리적 특성을 묘사하고 있다.

다동의 배경인 봉황고성

다동은 중국의 객관적 현실로부터 다소 벗어나 있는 독립된 공간이며 이곳에서 생활하는 사람들 역시 동시대 다른 지역의 사람들과는 달리 매우 안정된 삶을 유지하고 있었다. 또한, 이곳에 주둔하고 있는 군대에 대한 묘사에서도 이곳이 평화롭고 안정된 곳임을 확인할 수 있다. 이곳의 병사들은 나팔소리가 들려야만 이들의 존재를 확인할 수 있을 정도로 그 역할이 미미하며, 이들은 마을에서 가장 큰 행사 중의 하나인 단옷날 행사도 주민들과 함께 즐긴다. 이들 군인의 모습은 다른 군인들의 모습과는 달리 민간인과 함께 어울리며 자유스럽고 소박한 이미지를 보여준다. 이들의 생활에 대한 묘사에서 알 수 있듯이 군인들은 군인으로서의 역할이 미미하고 마을의 행사에서 중심적 역할을 맡을 정도로 다동은 평화롭고 안정된 공간임을 알 수 있다.

하지만 이런 평화로운 모습의 다동에서 조금만 벗어나면 상업이 번창한 소도시의 모습을 한 하가(河街)가 있다. 이 하가의 설정은 다동이 중국의 현실과 완전히 격리되어 있는 곳이 아님을 보여준다. 이 하가는 이상적인 공간 다동에 비해 보다 객관적인 중국사회의 현실을 보여주고 있다. 이 하가가 지니고 있는 동시대 중국의 현실적인 공간의 이미지는 매춘과 아편을 통해 더욱 구체적으로 제시된다. 이런 하가의 풍경은 하가의 현실성을 강화하는 동시에 다동의 이상적 이미지를 보다 부각시켜 보여준다.

다동의 모습은 산·물·배가 어우러져 한 폭의 그림을 보는 듯하다. 작가는 이런 빼어난 자연경관에서 사는 이들 역시 선량하다는 것을 간접적으로 보여준다. 더 나아가 심종문은 이런 이상적 인간성을 기녀들에게까지 확장하여 이들까지도 순박하고, 인정이 넘치는 모습으로 묘사함으로써 그가 구상하고 있는 이상적인 인성의 공간을 완성한다. 이런 소박하고 인정이 넘치며 건강한 품성을 지닌 다동 사람들이 살아가는 공간은 바로 심종문이 꿈꾸는 아름답고 건강하며 인성을 거스르지 않는 것을 실현해 주는 곳이다. 작가는 이런 인물을 통해 중국민족의 영혼을 새롭게 하고자 하고, 자연스럽고 조화로운 사회의 묘사를 통해 이상적인 사회의 건립을 꿈꾸고자 하는 그의 심리를 반영하고 있다.

심종문의 소설

    심종문은 1924년부터 1949년까지 20여 년에 걸쳐 단편소설 위주의 창작활동을 펼쳤다. 그의 소설 창작은 형식과 내용의 완성도를 기준으로 전기와 후기로 나눌 수 있다.

    심종문의 전기 문학은 본격적인 후기 문학 시기 이전에 위치한 습작시기라고 할 수 있다. 심종문의 고향인 상서(湘西)지역 생활에 관한 기억으로 상서 민족 생활과 묘족의 특수한 정서를 표현하며, 독특한 광경·색채·정경을 표출하였다. 1924년 심종문은 북경에서 발행되는 『신보』 부간과 『현대평론』 등에 작품을 발표하면서 정식으로 작품활동을 시작했다. 이때부터 1928년까지 심종문은 자신의 풍부한 상상력과 직접체험을 통해 『오리』, 『14일간의 밤』 등 많은 작품을 발표하였으며 호적·서지마·주작인·욱달부 등의 주목을 받았다. 욱달부는 심종문에 대한 동정과 충고를「한 문학청년에게 보내는 공개장」이라는 글로 발표했다.

도시생활을 제재로 한 작품도 썼는데, 도시 상층계급의 생활의 공허함과 통속성을 풍자하거나, 고독을 절감하고 세상의 동정과 온정을 갈구하는 내용이 주를 이룬다. 예술 형식상에서 산문화한 구조, 시정화의의 운미, 농후한 향토색채, 유머와 해학이 담긴 필치 등의 특징이 이미 초보적으로 드러나 있음을 알 수 있다.

심종문의 문학 세계는 그가 상해에서 나름대로 입지를 확보하고 활동하던 1930년대 시절에 절정에 이르렀다. 상해에서의 6 ～7년 동안 그는 소설과 평론집 등 모두 30권이 넘는 다작을 하였고 질적으로도 크게 성숙해졌다고 자평하였다. 이때 심종문이 발표한 소설 중『아리스의 중국 여행기』는 영국과 일본의 제국주의가 중국에서 갖가지 이권을 침탈해가는 상황을 폭로하는 내용이다.

1933년 북경으로 돌아간 심종문은『대공보』문예란의 편집을 담당하고 이듬해 1934년「상해파에 대하여」를 발표하였다. 당시 중국 문단은 시급한 근대화의 시대 상황 때문에 다소 조급하게 서양의 문학사상을 받아들이고 있었다. 마르크스주의도 이러한 상황에서 중국 문단의 큰 호응을 받게 되었는데 성급한 수용에 따른 작품의 도식화를 초래하였다고 볼 수 있다. 심종문은 이런 혁명문학 논쟁에서 어느 한쪽에 속하지 않고 자유로운 입장을 취하는 비정치적 문학관으로 인해 중국 현대의 문단에서 시종 비주류의 대열에 속하게 된다.

심종문의 소설은 향토소설과 도시소설로 나눌 수 있다.『심종문문집』에는 87편의 향토소설과 76편의 도시소설이 있다. 향토소설에서도 도시가 종종 등장하는데 거의 향촌의 순수함을 파괴하는 존재로서 그려지고 있다. 향토소설은 다시 현실주의 계열의 작품과 낭만주의 계열의 작품으로 분류할 수 있다. 향토 소설에는 한결같은 작가의 애정이 배어 있어, 원시적인 생명력 추구와 평화로움이 담겨있다. 반면 도시소설에서는 1930년대 초 자신의 8년의 도시생활 경력에 대한 정리와 분석을 토대로 도시인생에 대한 비판적 사고를 드러내었다. 그의 도시인생에 대한 묘사는 주로 상류 사회를 비판적인 시각으로 다룬 작품과 하층사회의 삶을 다룬 작품으로 나눌 수 있다.

그는 문자 표현의 이미지에 대해서도 많은 연구와 반복적인 시험을 거쳤는데 특별히 문자의 암시성, 음악성 등의 표현력을 추구했다. 이러한 목적을 달성하기 위해 그는 상서의 방언을 기초로 민간에 나도는 풍부한 언어 표현을 습득한 뒤 그것을 소설에서 잘 드러내었다.

심종문은 공산주의의 세력이 전 중국을 장악해 자신의 창작활동이 크게 위축받을 위기에도 홍콩이나 대만으로 달아나지 않았다. 공산혁명 이후 20여 년간 그는 또다시 좌익작가들의 비난을 받았다. 심종문은 자신의 문학작품 성취도와 관련 없이 수십 년간의 비판을 감내해 왔다. 결국, 나약한 성정 탓에 더는 비판을 이겨내지 못한 채 절필하고 고고학 쪽으로 관심을 돌린다. 이때 지어진 심종문의 중국 고대 복식에 관한 연구인『중국 고대 복식 연구(中國 古代 服飾 硏究)』가 있다. 좌익작가들의 심종문에 대한 비난은 점차 줄어들었고, 이후 말년에 이르러서는 정신적·육체적 고통으로부터 비교적 자유로워졌다.

중국 묘족

심종문의 『변성』은 말 그대로 변방 오랑캐의 땅이라는 뜻이다. 중국에는 수많은 크고 작은 소수민족 집단이 있다. 상서지방의 묘족(苗族)들의 자연과 융합된 삶은 심종문에게 큰 영감을 주었다. 지금도 묘족은 현대화 속에서도 한족에 동화되지 않고 자신들만의 문화를 지키고 있는 사람들로 유명하다. 자신들의 소박한 전통을 중시하는 묘족들의 생활상에서 작가는 소설의 모티브를 얻었다.

묘족은 중국에서 비교적 규모가 큰 소수민족에 속한다. 그들은 수천 년의 오랜 역사와 문화를 가지고 넓은 지역에 분포해 살고 있다. 고대에는 양자강 중하류와 황하강 유역에서 생활하다가 원강(沅江, 귀주성에서 발원하여 호남성으로 들어감) 유역을 중심으로 귀주·광서·사천·호남·호북으로 옮겨왔는데 귀주성을 중심으로 중, 서남부 지역의 산지에 주로 분포해 살고 있다.

여기에서 다루어진 귀주성(貴州省)은 중국 중남부의 산간 지역이고, 연간 날씨가 흐려서 햇빛을 볼 수 있는 날이 적어서 사실상 사람이 살기에는 악조건인 지역이기에 묘족과 같은 소수민족이 한족에게 쫓겨서 이 지역에서 터를 잡고 살아 왔다고 한다.

소설에도 볼 수 있듯이 이들은 다수인 한족들에게 정착지를 빼앗기면서도 시골 사람 특유의 낙관론적 세계관을 가지고 있다. 작가가 상서지역에서 그들을 보고 느낀 결과 그들의 자유로운 생활방식에 반하게 된 것으로 보인다. 특히, 주인공 취취는 묘족의 신화에 등장하는 이름을 빌린 것이라고 한다.

14강

애청(艾青)

"시대를 사랑하고, 박해를 참아내 만인의
슬픔 · 즐거움 · 미움 · 사랑 · 소망 속에
몰입해야 한다"

애청의 삶

애청은 중국 현대문학의 대표적인 시인으로 이름은 장정함(蔣正涵), 자는 양원(養源)이다. 1910년 절강성 금화현의 한 부유한 가정에서 3남 2녀 중 장남으로 태어났다. 그러나 부모와 상극이라는 점쟁이의 말에 의해 5살 때까지 소작농인 대언하(大堰河)에게서 양육되었다. 이것은 이후의 그의 시가 창작에 중요한 생활원천과 사상적 기초가 되었다. 이 당시 그의 추억은 그의 유명한 작품『대언하—나의 보모(大堰河—我的保母)』에 잘 나타나 있다. 그는 이 작품에서 부모에 대한 반항심과 함께 자신을 길러준 유모에 대한 사랑과 애정에 대해 깊이 감사하면서 중국 전체의 농민에 대한 동정으로 확대되고 있는 것을 볼 수 있다.

그는 1919년 5·4운동 시기에 초등학교에 입학하여 과학과 민주의 계몽사상을 배우면서 많은 영향을 받았다. 1928년 그는 서호예술원의 회화과에 입학하였다. 당시 원장의 추천으로 1929년 프랑스로 유학을 떠나 회화 공부를 했고, 러시아 문학과 서구 상징주의 시인인 베라랭의 영향을 받아 시를 쓰기 시작했다. 그는 철학과 문학 서적을 많이 읽었으며, 프랑스의 현대시도 탐독하였다. 그들의 시가 자본주의 세계에서 대도시의 무한한 확장과 농촌이 직면한 파멸 현상을 심각하게 보여주고 있는 것에 그는 깊은 영향을 받았다.

그는 귀국 후 반국민당 운동을 벌이다 투옥되었다. 1936년 출옥 후 첫 시집 『대언허(大堰河)』를 발표하여 인정받기 시작하였다. 1937년 항전이 발발하자 중화전국문예계항적협회(中華全國文藝界抗敵協會)에 가입하여 상해를 떠나 후방을 돌아다니며 장편 시 「횃불」, 「태양을 향해」, 「나팔수」 등의 작품을 썼다. 1939년에는 그의 두 번째 시집 『북방(北方)』을 발표하는 등 1930년대에 항일 시로 활발한 활동을 하였다.

1941년 연안으로 갔고, 1944년에는 모범 공작인으로 뽑혀 노동자모범회에 참가하였다. 공산당에 입당까지 하였던 그였지만 문인 작가들을 홀시하는 당의 정책을 간접적으로 비판하는 글인 「작가를 이해하라, 작가를 존중하라(了解作家, 尊重作家)」를 썼기 때문에 문화대혁명을 비롯하여 크고 작은 정풍운동 때마다 당의 호된 비판을 피해갈 수 없었다.

1979년 3월 정치적 복권 이후, 『귀래의 노래』, 『채색의 시』, 『낙엽집』 등의 신작시집들이 연이어 출판되었다. 마치 20년 세월을 보상이라도 받으려는 것처럼 만년에 쓴 그의 시들의 경향은 철학적 명상의 관념적 진술로부터 1930년대 시를 연상케 하는 그런 리듬과 이미지의 구축에 이르기까지 무척 다양하다. 1985년 이후 그는 매년 노벨문학상 후보에 오르는 등 그의 문학은 세계적으로 인정받기 시작했다. 1996년 북경에서 세상을 떠나기 전까지 꾸준한 문학 활동을 하였다.

애청의 시론

시에 대한 애청의 주장은 그의 창작실천에 직접적으로 관철되고 있으므로 애청의 시가주장을 이해하면 그의 작품을 더욱 잘 이해할 수 있다. 그리고 애청의 시가주장은 신시(新詩)의 건설과 발전과정에서 어느 정도의 대표성을 지니고 있다.

먼저 애청은 시의 전망과 민주정치의 전망은 결합될 수 있다고 주장하였다. 한 사람의 시인이 되려면 마땅히 민족운명과 연계된 사건에 감동할 수 있어야 한다고 주장한다. 애청은 위대하고 독특한 시대는 그 시대의 위대하고 독특한 시인을 요구하게 되는데, 이러한 시인은 회색의 어두운 연구실이나 자줏빛 휘장이 드리워진 죽은 듯이 고요한 응접실에서 성장하는 것이 아니라고 생각하였다. 그리고 시인은, "반드시 누구보다도 더 깊이 시대를 사랑하고, 어떠한 박해도 참아내는 전도사처럼 모든 나날의 고통을 아주 자연스럽게 받아들이며 자신의 진지한 마음으로써 만인의 슬픔과 즐거움, 미움과 사랑, 바람과 소망 속에 몰입해야 한다"고 여겼다. 그래서 시인은 "현재 벌어지고 있는 대중의 투쟁생활로부터 제재를 취해야 한다"고 주장하였다.

더욱이 그는 시인은 우선 하나의 성실한 인간이어야 하고 정직한 사람이어야 한다고 여겼다. 가장 위대한 시인은 그가 살고 있는 동시대의 가장 충실한 대변인이어야 하고, 진실한 시는 시대적 정감과 시대적 분위기에 대한 가장 진실한 기록이어야 한다고 여겼다. 또한, 그는 예로부터 지금에 이르기까지 어떠한 고정된 형식은 하나도 없었으며, 우리도 역시 미래에 올 사람들이 지금 우리의 창작형식을 따르도록 요구할 필요가 없다고 생각했다. 시의 언어 방면에서, 애청은 시의 언어는 산문의 언어보다 더욱 순수하고 함축적이라고 주장했다. 가장 좋은 언어는 생활 속에서 생산된 것이며, 이는 사람들의 일상언어를 기초로 한다고 여겼다.

애청은 '자유시'란 일정한 격식이 없이 단지 격률만 있으며, 읽어서 매끄러운 것이 좋다고 주장하였다. 그러나 자유시는 산문시와는 구별된다. 시와 산문은 서로 다른 문학 양식이기 때문이다. 애청의 시론은 시종 예술적 진선미의 규율을 따르고 있다. 그 자신의 말을 인용하자면 "진, 선, 미란 선진 인류의 의지 속에 통일된 세 가지의 공통적 표현형태인데, 시는 반드시 그것들을 결합하는 훌륭한 수단이어야 한다"고 주장하였다.

애청의 시

태양

아득한 무덤에서
어두운 시대로부터
인류의 죽음이 흐르는 곳으로부터
깊이 잠든 산맥을 깨우며
태양이 모래언덕을 선회하는 것같이
태양은 나를 향해 굴러오고……

덮어 가리기 힘든 태양 빛줄기는
생명을 숨 쉬게 하고
교목의 무성한 가지들을 태양을 향해 춤추게 하고
강물로 하여금 미친 듯이 태양을 향해 흘러가게 하며

태양이 왔을 때, 나는 듣는다
동면하는 애벌레가 땅속에서 꿈틀대며
군중이 광장에서 큰소리 지르며

도시는 먼 곳에서
전력과 강철로 태양을 부른다

그리하여 나의 가슴은
화염은 손에 찢기어지고
썩은 영혼은
강가에 내버려지며
나는 마침내 인류의 재생을 확신한다

이 작품은 아득한 무덤, 어두운 시대, 인류의 죽음과 같은 소멸을 상징하는 곳에서 새로운 시대를 암시하는 태양이 올 것이라는 확신을 하고 있다. 태양이 왔을 때 군중이 광장에서 큰소리를 지르는 부분에서는 아프고 힘든 시기가 지나 밝은 시대가 와서 군중이 기뻐하는 모습을 표현하고 있다. 또한, 이 시는 우리나라의 일제강점기와 같이 항일시기에 지어진 작품으로, 작가는 이 시에서 고통받는 당시 사람들의 아픔을 노래하고 그들에게 희망을 주고 싶었던 것이다. 작품에서 그는 새로운 희망의 세계에 대한 힘찬 의지를 강한 어조로 표현하고 있다.

이 작품의 특징은 상징적인 시어와 상징주의 기법의 사용이다. 애청은 이 시를 통해 당시의 시대 현실을 감각적으로 표현하고 있다.

태양을 향하여

날마다
나는 침침한 눈으로
보았다 이 땅의
끝없이 처참한 생명을
날마다

나는 어두운 귀로
들었다 이 땅의
끝없는 고통의 신음을

섬광이 번뜩이는 예리한 칼로
우리들의 토지를 되찾아 오고
우리의 고향으로 돌아가
적들을 소멸시키고
그곳에 적들의 발길이 닿아 있다면
그들의 피를 그곳에 흘리게 하리라

이 시는 1938년 4월의 무한을 무대로 하고 있으나 당시 항일투쟁의 열기가 불타오르던 중국사회가 그 실제적인 배경이 되고 있다. 총 9장으로 구성된 이 장편의 서사시는 항일전쟁의 모습을 격정적으로 묘사하고 있다. 시는 서정적 자아인 나를 중심으로 줄거리가 진행되고 있다.

그는 태양을 보면서 자신의 사상적 갈등을 인식하고 태양의 화염 속에서 자기의 썩어가는 영혼을 살라버리는 것을 느낀다. 이는 구사상을 씻어버리고 진보적 지식인으로 자신을 개조하여 항일전의 새로운 형세에 조응하여 항일민족전선에 투신코자 하는 모습을 의미한다. 여기서 태양은 이상을 실현하고 전투정신을 구가하는 상징으로 설정되어 있고 태양의 광명은 인류사회의 발전을 이룩하겠다는 강렬한 의지의 표현이다.

또한, 이 시는 강력한 시대정신을 표현하면서 사실주의와 낭만주의를 효과적으로 결합해 독창성을 충분히 발휘하고 있다. 또한, 역사적 현실감을 시에 불어넣었고 이를 직접적으로 제시하지 않고 은유와 상징의 수법을 활용하여 풍부한 상상력을 자아낸다는 점도 높이 평가되고 있다.

횃불

> 우리의 횃불이 모든 사람을 불러내어
> 그들을 길가로 나오게 하자
> 오늘 밤
> 이 도시에 한 사람도 집에 남지 않게 하자
> 모든 사람이
> 다 나와 우리 이 불꽃 행렬로 들어오게 하자

이 시는 모두 18장으로 구성되어 있는데 주인공인 당니(唐尼)가 인민대중과의 집단활동을 통해서 점차 혁명에 대한 신념을 굳히게 되는 과정을 그린 것이다. 횃불의 의의는, 당니라는 소자산계급 지식인이 횃불시위라는 집단적 행동을 통해 점차 역사적 현실을 깨닫고 침체되고 나약했던 개인주의적 정서에서 벗어나서 다양한 계층의 군중과 연합하여 항일전선에 나서게 된다는 점을 형상화했다는 데 있다.

이 장편 서사시는 예술적 측면에서도 내용의 전개에 연극적 요소를 가미하고 다양한 상징수법을 활용하였으며 개개의 인물을 개성적으로 그려냈다는 점에서 높은 평가를 받고 있다. 또한, 언어의 사용에서도 "나는 의식적으로 구두어를 시험적으로 채용하여 나 자신이 대중화 문제에 대한 실천적인 해석을 기도하였다"는 애청의 진술처럼, 대중에게 호응력을 갖는 구두어를 효과적으로 운용하여 선전력과 선동력을 구비하고 있다.

문학 in

칠월시파

애청이 당시 속해 있던 칠월시파는 문예지 『칠월(七月)』에 작품을 기고한 작가들을 가리키는 명칭이다. 『칠월』은 1937년 9월 11일 호풍이 상해에서 창간한 주간 문예지이다. 이는 종합 문예지의 성격을 띠기는 했으나 시 작품이 많이 게재되었다. 이들은 낭송시 운동에 적극적으로 참여하여 많은 항전시를 발표하는 한편, 순수시도 많이 창작하였다.

리얼리즘 창작기법으로 격동기를 살아가는 노동자·농민·소시민 들의 애환을 사실적으로 묘사하였다. 아울러 문학적으로나 정치적으로 주장이 분명하였는데 문학적으로는 리얼리즘을 내세웠고 정치적으로는 사회주의를 표방하였다. 애청은 전간과 함께 칠월시파의 대표시인으로 꼽힌다.

15강

파금(巴金)

"무정부주의적 애국주의자,

애국주의에 대한 시대적 요구가

무정부주의의 이념적 당위를 압도한다"

파금의 삶

　중국은 물론 세계적으로 많은 독자를 확보한 무정부주의 작가 파금의 본명은 이요당(李堯棠)이고, 자는 불감(芾甘)이다. 파금은 그의 처녀작 『멸망(滅亡)』을 발표할 때부터 사용하기 시작한 대표적 필명으로, 이외에도 다수의 필명이 있다. 그는 1904년 11월 25일 사천성 성도의 부유한 지주 관료 가정에서 태어났다. 그의 가정은 조부를 비롯하여 장남 가족인 파금의 가족과 세 명의 삼촌 가족이 한집에 사는 전형적인 봉건가정이었다.

　1920년 이후 그는 크로포트킨(Kropotkin), 골드만(Goldman), 유사복(劉師復, 중국의 무정부주의자) 등의 저서에 심취했다. 특히, 크로포트킨의 『소년에게 고함』은 파금 자신이 "나는 세계에 이런 책이 있으리라고는 아예 생각하지 못했다. 이 안에 있는 것은 모두 말하고 싶었으나, 무어라 정확히 말할 방법이 없었던 내용이다. 그것들은 얼마나 명확하고 합리적이며 웅변적인가"라고 말할 만큼 그에게는 충격적이었고, 이때부터 무정부주의에 깊은 관심을 보였다.

1927년 프랑스로 유학을 떠난 그는 크로포트킨의『윤리학의 기원과 발전』을 번역하는 동시에, 프랑스 대혁명과 러시아 부르주아 민주주의자들에 관한 탐구를 시작했다. 그는 중국 초기의 무정부주의자들을 비판하고 자신의 심경을 장편소설『멸망(滅亡)』에 담아냈다. 이 작품에서 그는 이상을 위해 용감하게 자신을 희생하는 혁명가의 모습을 찬양하여 무정부 사상을 짙게 하고 있다. 파금이라는 필명도 이때 사용했는데, '파'는 친구의 이름을 빌렸고, '금'은 중국어로 읽으면 '킨'과 유사한 '찐(jin)'이 되는데, 이것은 크로포트킨에서 따왔다.

1928년 상해로 돌아온 그는 본격적인 창작활동에 몰두했다. 이시기의 창작은 대략 세 가지로 구분할 수 있다. 첫째, 봉건군벌에 대항하는 반봉건사상을 주제로 한 작품들로『안개』,『비』,『번개』의 3부작으로 구성된『애정삼부곡(愛情三部曲)』과『멸망』의 속편이라 볼 수 있는『신생』등이 이에 속한다. 작품에 등장하는 주인공은 현실을 부정, 고발하고 밝은 미래를 추구하기 위하여 자기를 희생시키는 고결한 정신을 지닌 청년 인물들이 주류를 형성하고 있다. 또한, 이런 청년층의 실패와 희망을 통해 중국의 현실과 비극의 원인을 깊이 있게 그렸다.

둘째, 노동자들의 고통스러운 생활과 그들의 투쟁을 주제로 한 작품들로『사정(砂丁)』,『맹아(萌芽)』등이 있다. 이것들은 1931년 파금이 절강성 장흥탄광에서 직접 겪은 경험을 토대로 하여, 광산노동자들의 비인간적인 생활과 자본가들의 착취를 폭로한 작품이다.

셋째는 봉건제도 및 유교윤리가 '사람을 잡아먹는' 죄를 자행하고 있음을 비판하고, 새로운 세대의 반항을 찬양하는 내용으로, 『격류삼부곡(激流三部曲)』의 제1부이자 그의 대표작으로 평가되는 『집(家)(1931)』이 이에 속한다. 파금은 뒤이어 1938년 『격류삼부곡』의 두 번째인 『봄(春)』을 완성하고 40년에는 마지막 부분인 『가을(秋)』을 창작했다. 이 작품들은 봉건 대지주 가정의 보수적 구세대와 변혁을 추구하는 신세대 간의 갈등과 투쟁을 기본 축으로 하여, 봉건제도의 붕괴와 혁명조류가 신세대에게 준 심각한 충격을 반영했다. 1937년 항일 전쟁이 발발하자, 파금은 적극적으로 구국 항일운동에 참가했다. 1938년부터 1944년 사이에는 『항전삼부작』이라 불리는 『불(火)』을 창작했다.

1949년 중화인민공화국이 성립된 후 정치적 신뢰를 받아 주요 문학예술기관에 중용되었다. 1950년대 말 자신의 무정부주의적 사고를 공식적으로 포기했지만 새로운 사회에 완전히 동화되지 못했기 때문에 60년대 후반의 문화대혁명 기간에 반혁명분자라는 낙인이 찍혀 심한 비판을 받았다. 1977년까지 공식 석상에 모습을 드러내지 않았으나, 1978년 최고인민회의 대의원으로 선출되었고, 곧 상임위원이 되었다. 1981년에는 중국작가협회 집행의장으로 선출되었다.

2003년 11월 25일, 탄생 100주년을 맞아 '인민작가'로 추대되었다. 이 시기부터는 창작다운 창작은 거의 없고 정치 선전성이 다분한 산문집이 대부분을 차지하였다. 악성중피세포종양과 파킨슨병으로 투병하다 101세인 2005년 10월에 사망하였다.

파금의 무정부주의

파금은 1949년 중화인민공화국 수립 이전까지 여러 차례 자신이 아나키스트(무정부주의 작가)임을 밝힌 바 있다. 게다가 중국 수립 후 그가 비판의 대상이 될 때마다 그의 작품의 무정부주의적 성향이 계속해서 지적되었음을 고려할 때 그의 사상적 배경이 되는 무정부주의를 이해하는 것이 작가를 이해하는 데 필수적이라 할 수 있다.

19세기 후반 서구에서 시작된 무정부주의가 중국에 소개된 것은 20세기 초로 일련의 일본 유학생들과 프랑스 유학생들에 의해서였다. 특히, 프랑스에 있는 중국인 유학생들로 구성된 '세계사'는 1907년부터 『신세기(新世紀)』라는 잡지를 발행하여 국제 무정부주의자들의 저서와 논문을 번역 게재하는 한편, 일련의 무정부주의 선전 팸플릿을 발간하여 적극적인 선전 활동을 벌였다. 파금이 무정부주의를 수용하는 데 결정적인 역할을 한『소년에게 고함』과『야미앙(夜未央)』역시 세계사의 주동 인물이었던 이석증(李石曾)에 의해 번역된 것이다.

『소년에게 고함』은 먼저 사회 혁명은 일체의 불평등과 속박을 야기하는 구전통과 구체제를 타파하여 자유와 평등과 박애가 실행되는 이상 사회를 건설하고자 하는 운동임을 설명한 뒤, 이 사회 개조를 위한 혁명의 대열에 청년 지식인들이 적극적으로 참여해 줄 것을 호소한 책이다. 그리고『야미앙』은 러시아 차르 정권에 항거한 젊은 혁명가들의 희생적인 투쟁상을 극화한 극본으로서 모두 무정부주의 선전용 소책자였다. 파금은 이 두 권의 책을 읽고 무정부주의자가 될 것을 결심하였는데, 그것은 무정부주의에 대한 논리적 이해에 근거한 것이라기보다 오히려 '사랑'과 '희생'에 대한 열정적인 공감에 의한 것이었다.

파금의 무정부주의는 애국주의의 성격을 포함하고 있음을 알 수 있다. 애국주의에 대한 시대적 요구가 무정부주의의 이념적 당위를 압도한 사실을 고려해 볼 때, 파금을 애국주의적 무정부주의자로 보기보다 오히려 무정부주의적 애국주의자로 보는 것이 타당할 것이다. 이것은 그가 무정부주의자가 되기 이전에 이미 강렬한 애국주의자였다는 파금 자신의 진술로도 뒷받침된다.

파금의 작품

가(家)

『격류삼부곡』의 제1부이자 그의 대표작으로 평가되는 이 작품은 사천 성도에 사는 고(高)씨 가족이 격동시대에 겪는 갖가지 역경과 고뇌를 통해 전통에 대한 젊은이들의 반항과 새로운 삶을 추구하는 모습들을 묘사하고 있다. 작품 속에서 이들 젊은이들은 각신(覺新), 각민(覺民), 각혜(覺慧) 형제와 그들의 고종사촌 누이인 금(琴) 등과 그들의 친구들을 대표로 하여 작품의 스토리를 이어가고 있다. 그 밖의 젊은이들은 그들의 봉건적인 기성세대에 대해 반항할 의식이나 기력조차 없는 사람들로서 그들의 운명은 고통이나 죽음으로 끝을 맺는다.

소설 『가』는 대가족 생활의 이면을 통해 봉건사회의 어둠과 부패를 낱낱이 파헤치고, 봉건적인 윤리도덕의 허구성을 고발하는 동시에, 5·4운동 이후 봉건적 잔재에 대항해서 새로운 사상과 윤리를 제시하는 젊은 청년들의 영웅적인 행위를 예찬하고 있다. 일찍이 많은 중국의 젊은 청년들은 이 소설의 주인공 각혜와 각민을 그들의 화신으로 여기며 새로운 삶에 대한 용기를 얻었다.

한야

  1945년 종전이 되자 파금은 상해로 문화생활출판사의 총서발간에 종사하는 한편, 이미 항전시기에 구상한 바 있는 두 편의 중편 소설 『제4 병실』과 『한야(寒夜)』를 완성하였다. 『한야』는 젊은 시절 이상적이고 희생적인 삶을 살 것을 작정했던 30대의 한 부부가 전쟁 상황 속에서 겪는 생존을 위한 몸부림과 고통을 묘사하고 있다. 이 시기의 작품은 모두 항전 말기에 쓴 『불』 제2부와 같이 음울한 분위기로 일관하고 있다. 특히, 『한야』는 인물의 심리 분석과 동기에 있어서 파금의 여타 작품에서 보기 힘든 깊이를 보여주고 있어서 『가』와 함께 파금의 대표작으로 평가받고 있다.

  파금의 『한야』에서 풍기는 전체적인 분위기는 독자들에게 우울한 느낌을 전달해 준다. 작품의 문학 공간 구석구석에 사용된 배경들은 한결같이 어둡고 우울한 이미지를 제공하며 이를 위해 사용되는 중심 이미지가 바로 '밤'이다. 작품에서 묘사된 밤은 항상 춥고 어두우며 사람들에게 적막감을 안겨 주는 공간이다. 밤은 『한야』의 모든 공간을 뒤덮고 있으며, 등장인물들을 암흑의 세계로 이끌고 간다. 때문에 『한야』에서는 밤을 밝혀 주는 가로등 불빛조차도 그다지 밝지 않고 다만 주변의 좁은 공간만을 희미하게 비추고 있을 뿐이다. 어두운 밤은 등장인물들에게 무엇인지 모를 불안과 두려움을 느끼게 하며, 특히 불빛이 없는 밤은 사람들을 심리적 불안정 상태에 빠지게 한다.

또한, 이 작품에서 밤은 사람들을 죽게 하는 고통의 공간이다. 그래서 밤은 무고한 사람들의 생명을 순식간에 현실 세계로부터 박탈해 버리는 공간으로 묘사되고 있다. 이렇게 볼 때 이 소설의 제목인 '한야'는 바로 이러한 중국의 항전시기의 상황을 암시한다고 볼 수 있다. '추움(寒)'과 '밤(夜)'은 모두 죽음의 이미지로서 파금은 항전시기의 우울하고도 암담한 상황을 '추운 밤(寒夜)'이라는 공간 이미지로 나타내고 있는 것이다. 이처럼 파금이 사용한 밤의 공간은 『한야』의 구성을 일관성 있게 만드는 중심 이미지로서, 밤이 풍기는 우울한 분위기는 죽음을 향한 전주곡이라고 할 수 있다.

멸망

파금이 창작을 시작한 것은 1928년이었으나 그의 작가로서의 존재가 중국 문단과 독자들에게 알려지기는 이듬해 1월에서 4월까지 『소설월보』에 『멸망』이 4회에 걸쳐 연재되면서부터 시작되었다. 이 작품은 1925년경 손전방의 상해 군벌 통치에 저항하는 한 젊은 혁명가의 삶을 묘사한 것이다. 소설은 혁명 활동의 주요 동기인 피압박자에 대한 사랑과 압박자에 대한 증오, 혁명가의 개인적 행복 추구에 대한 권리 및 혁명 투쟁의 수단으로서의 테러 등 무정부주의 사상과 직접 연계되는 문제들을 다루고 있다.

그는 계속해서 5·30사건을 배경으로 한 『죽어가는 태양(死去的太

陽)』과 프랑스 체류 때 만났던 외국인들의 삶을 묘사한 단편소설집『복수』를 발표하여 역시 많은 비평가와 독자들로부터 호평을 받았다.

이외에 이 시기 파금이 발표한 작품으로는『애정삼부곡(愛情三部曲)』중 제1부인『안개(霧)』,『멸망』의 속편인『신생(新生)』, 단편소설집『광명(光明)』이 있다.

『가』

『한야』

『멸망』

문학 in

항전문학의 특징

항전시기의 주제는 주로 항일지사의 용맹함에 대한 찬양, 일본군의 잔악함에 대한 고발, 첩자들의 비겁함을 폭로하는 것으로 통일되었으며, 문학 형식은 대체로 짧고 통속적이며, 풍격은 선동적이고 열렬하였다.

단막극, 시, 보고문학, 단편소설이 주요 문학 양식이 되었다. 항전 기간에 급변하는 정세와 전투의 실상을 국민에게 전하여 항전의식을 일깨우고 애국심을 고취한다는 실제적인 요구에 응하여 보고문학이 성행하였으며, 희극은 관중과 직접 접촉하기 때문에 시나 소설보다 선전효과가 높아서 항전기에 특히 활발히 창작되고 공연되었다.

16강

조수리(趙樹理)

"노동자·농민·병사 속으로 들어가
현실 투쟁에 참여하자"

조수리의 삶

    본명은 조수예(趙樹禮)이며, 산서성 심수현의 가난한 농촌에서 태어나 어려서부터 생산노동에 참가하였다. 조수리는 민요와 지방극을 즐겼으며 한때는 농민들의 음악조직인 '팔음회'에 참가하기도 하였다. 그의 이런 경력은 문학 창작에서 대중적인 스타일을 형성하는 데 유리한 토대를 마련해 주었다. 1923년 소학교를 나온 뒤 1925년에 산서 장치4사범학교(長治第4師範學校)에 입학하여 신문학과 접촉하게 되었고, 신시와 소설을 쓰게 되었다.

    하지만 이후 공산당운동에 흥미를 느껴 학교를 중퇴하고 1928년 다시 심수현의 소학교 교사가 되었으나, 1929년 공산당 활동 혐의로 체포되었다. 1930년 여름 태원으로 가서 온갖 직업(설서인, 마술사, 영화 단역배우 등)을 전전하다가 통속소설을 쓰기 시작했다. 조수리는 일찍이 1933년부터 문학창작에 힘썼으나 큰 성과를 거두지는 못했다.

중일전쟁 당시 국공합작에 참여하게 되어 이후 공산당에 입당하였다. 그 후 향성현(鄕城縣)에 파견되어 항일운동을 하였다. 1940년에는『항전생활』의 편집인으로 활동하였다. 1943년 처녀작『소이흑의 결혼(小二黑的結婚)』과『이유재의 판소리(李有才板話)』를 발표하였고, 1945년 9년 만에 돌아가서 들은 고향의 변천사를 소재로한『이가장의 변천(李家莊的變遷)』을 창작하였다. 이외에도 다수의 우수한 단편소설들을 썼다. 이런 작품들은 현실생활 속에서 제기된 문제들을 주제로 하였고 부단히 성장하는 새로운 농민형상을 부각시켰으며 예술적으로도 새롭고 독특한 대중화의 스타일을 이루었다. 조수리는 해방구에서 가장 대표적인 작가의 한 사람으로, 특색있는 작품들로서 이 시기의 소설 창작에 이채를 더해 주었다.

모택동의 '연안문예강화(延安文藝講話)' 발표 이후 중국의 문예노선을 가장 정확하고, 가장 바르게 실천한 작가이며, 인민의 예술가라고 극찬을 받으며 중앙 문단에 이름을 떨쳤다. 1942년 연안문예좌담회에 참가한 이후 그는 해방구의 반민족 반역자 투쟁과 조세감면, 토지개혁 등 일련의 대중투쟁에 적극적으로 참가하여 농촌생활과 그곳에서 활동하는 각 계층 인물과 익숙해졌다. 1949년 북경으로 이주, 9월 전국문예대표자회의에서 주석단으로 발탁되어 소련을 방문하였다. 1955년『삼리만(三里灣)』을 발표, 중국 성립 이후 농촌의 집체화 과정을 형상화해냈다.

『소이흑의 결혼』과『이유재의 판소리』는 모택동의「문예강화」방침을 실현한 작품으로 높이 평가되었다. 그의 작품은 민화(民話) ·민요·이야기 등의 전통적 민간형식을 구사하되 간결하고 평이

한 문체와 대중적이고 유머러스한 표현, 고도의 정치적 내용을 가지는 독특한 작풍으로 알려져 '노농병(勞農兵) 대중의 문학', 이른바 '인민문학'의 대표작가로 눈길을 끌었다.

하지만 이렇게 인민작가로 영예를 드높이며 1940 ~50년대 문학의 축을 담당하던 조수리도 1970년대 문화대혁명의 폭풍을 피해갈수는 없었으며 관직에서 축출당함과 동시에 홍위병들의 비판대회 등을 겪으면서 1970년 지병이 악화되어 사망하였다.

조수리와 연안문예강화

모택동의 「연안문예강화(延安文藝講話)」(약칭 문예강화) 발표 이후, 무산계급의 영도권을 최초로 수립한 작가가 바로 조수리였다.

조수리는 많은 문학사에서 모택동이 주창한 사회주의 리얼리즘 문학을 실천한 작가로 찬사를 받았다. 그리고 연안문예좌담회 이후 단편소설에 있어 가장 뛰어난 풍격으로 문단을 이끌었던 것으로 평가되고 있다. 조수리는 현대문학과 당대문학 작가 가운데 누구보다 「문예강화」의 후광을 많이 받았다. 「문예강화」의 민간

형식의 유용성에 대한 천명은 조수리 자신이 이전부터 실천해온 통속수법에 대한 자신감을 갖게 해 주는 것으로, 그로 하여금 창작행위에 대한 입장과 태도 및 창작대상을 보다 확고하게 갖도록 해 주었다.

조수리가 활동하기 시작한 1940년대는 항일전쟁과 해방전쟁 시기로서 리얼리즘은 민족화와 대중화의 방향을 따라 점차 성숙해 갔다. 항일 구국운동의 실천과 민족형식문제에 관한 광범위한 토론은 실천과 이론 각 부문에서 제각기 리얼리즘의 심화를 촉진하였다. 모택동이 발표한 문예강화는 한 걸음 더 나아가 혁명적 리얼리즘 발전에 명확한 방향을 제시하였고 새로운 진로를 열어 주었다.

이 시기 작가들은 리얼리즘의 방향이 민족화·대중화의 방향과 일치함을 명확히 인식하였다. 비평과 창작에서 민족화·대중화의 요구를 의식적으로 강화하고 중국 현실의 토양에 뿌리 내린 중국 작풍의 작품을 써냈다. 또한, 작가들은 마르크스주의를 배우는 동시에 "노동자·농민·병사 속으로 들어가자(深入工農兵)", "현실 투쟁에 참여하자(深入現實鬪爭)"고 외쳤다. 아울러 그렇게 하는 것이 무산계급 문학발전의 기본적 가정이며 또한 혁명적 리얼리즘 발전의 기본노선이라는 것을 명확히 인식하였다. 동시에 이러한 노선을 널리 실천함으로써 혁명적 리얼리즘 문학 창작과 비평은 미증유의 왕성한 발전을 이룩하였으며 더욱 성숙한 시기로 진입하였다. 이러한 경향은 「문예강화」 발표 이후 해방구에서 창작된 작품들에서 더욱 두드러지게 나타났다. 그중 조수리의 『소이흑의 결혼』, 『이유재의 판소리』 등이 뛰어난 걸작으로 뽑힌다.

조수리의 작품

소이흑의 결혼

조수리의 첫 번째 단편소설 『소이흑의 결혼』은 민족해방투쟁의 올바른 방향에 대해 고상한 문체가 아닌 흔한 일상어로 쓴 소설이다. 이 작품은 크게 두 가지 특징을 지니고 있다. 첫째, 공산당의 연안시대의 신민주주의 정책을 선양하고 농민 속에 무산계급 영도권을 수립한다는 사상성을 명확히 하고 있다는 점이다. 둘째, 노동자, 농민이 즐겨 읽고 쉽게 이해할 수 있는 형식과 용어로 썼다는 점이다. 그만큼 이 작품은 그냥 편안히 읽어도 상당히 재미있는 해학적이고 유머 있는 소설이다. 이러한 해학적인 특징은 중국 농민의 전통적인 생활방식이 새로운 사회와 모순되는 데서 생겨난 매우 자연스러운 것으로 볼 수 있다.

작품의 줄거리는 다음과 같다. 어느 마을에 '이제갈'이라는 별명을 가진 류수득이라는 남자 무당과 '삼선고(三仙姑)'라는 별명을 가진 여자 무당이 살고 있었다. 류수득은 음양팔괘를 이용하여 점을 치고, 삼선고는 '천신(天神)'에게 기도하여 길흉을 점친다. 그런데 류수득의 아들 소이흑(小二黑)과 삼선고의 딸 소근(小芹)이 서로 사랑하게 되고, 이를 안 두 부모는 모두 '궁합이 안 맞는다'는 등의 이유로 반대한다. 게다가 소근을 탐내는 금왕(金旺), 흥왕(興旺) 형제가 등장하여 둘을 갈라놓으려는 흉계를 꾸민다. 결국, 이 문제는 구장에게까지 가게 된다. 거기에서 금왕·흥왕 형제는 오히려 그동안의 악행이 드러나 징역을 살게 되고, 구(區)에서는 소이흑과 소근의 자유연애를 인정하여 행복한 결혼을 하게 된다는 내용이다.

이 작품의 주제는 중국 농촌사회에 남아있는 봉건성과 악습의 폐단에 대한 농민의 투쟁과정을 통해 최후의 승리를 보증하는 것은 민주적인 연안정권이라는 것을 묘사하는 데 있다. 그리고 이 작품의 특징은 전체가 12절로 나뉘어, 앞의 5절은 등장인물들의 성격 묘사 등의 소개로 되어 있고, 나머지 뒷부분 7절은 사건의 진행과 사건을 둘러싼 상황묘사로 전개되고 있으며, 절마다 제목들이 붙어 있다. 이러한 구성은 전통적인 회장체(回章體)를 압축한 것으로, 주제를 뚜렷이 관철하기 위한 조수리만의 창작특징이다.

『소이흑의 결혼』은 농민을 이해하는 동시에, 그 속에서 농민들과 함께 이야기하며 함께 웃을 수 있는 작가의식을 표현하고 있다. 당시 해방구의 많은 작가가 모택동의 강화 이후 농민에게 눈을 돌릴 때 조수리는 이미 농민들과 함께 이야기하고 있었으며, 그의 작품 안에 그 해학적이고 애정 어린 표현이 녹아들어 있었다.

이유재의 판소리

이 작품은 농민과 지주의 투쟁사로, 이유재라는 중년의 빈농을 중심으로 염항원(閻恒元)이란 지주의 발판이었던 염가산(閻家山)이라는 시골 마을의 계급 구성이 묘사되어 있다. 염가산은 공산당의 통치지역이면서도 여전히 염씨네 권력 아래에서 관료주의가 판을 치고 있었다.

주인공 이유재는 마을 동쪽 홰나무 아래 동굴에 사는 빈농이며 빈농의 청년들에게 자신이 지은 '판소리(快板)'를 들려준다. 노래의 내용은 마을의 여러 소문과 지주의 악행 등을 끼워 넣은 것으로, 마을 청년들에게 매우 인기가 있었다. 농민들은 개혁을 못 하다가 농회의 회장 문제가 제기되자 촌주를 개선하고 감조감식(減組減息) 등 농민투쟁을 벌여 지주를 전복시킨다는 내용이다.

주제에 있어서 항일근거지는 중국 공산당 지도하의 빈농과 농민을 근간으로 하고 중국 농민의 이익을 옹호하는 신민주정권의 근거지임을 강조한다. 이는 『소이흑의 결혼』에서와 마찬가지이나 『이유재의 판소리』에서는 직접적으로 당의 간부가 보이는 행동 하나하나를 묘사함으로써 더 분명하게 나타내고 있다.

또한, 작품의 큰 특징은 『이유재의 판소리』에서 서북 토착어가 채용되어 대중이 받아들이기 쉽게 되었다는 것이다. 그러나 토착어의 채용이라는 것만으로 조수리 문학의 용어상의 본질로 보는 것은 적절치 않으며, 그의 문학의 언어의 정당성은 토착어와 일반어의 통일에 성공하였다는 점이다.

이가장의 변천

이 작품은 1920년대 후반부터 1940년대 중반까지 산서 태항산 지구의 이가장이라는 마을에서 일어나는 변화를 그린 장편소설이다. 주제는 한마디로 중국 농촌사회의 변혁이며, 낙후되고 폐쇄된 농촌이 각성해 가는 과정을 그리고 있다. 작가가 직접 겪은 현실적 문제를 해결하는 방안을 모색하는 과정에서 형상화된 문제소설이다.

줄거리는, 철쇄(鐵鎖)라는 농민이 지주 이여진(李如珍)과의 송사에서 패소한 뒤 타관 땅을 떠돌다가 우연히 소상이라는 공산당원을 만나게 되고, 소상의 도움으로 고향에 돌아가 반계급 투쟁 유격대를 이끌어 결국 지주인 이여진을 징벌하고 농민을 해방시킨다는 내용이다.

작품에서 보이는 소상은 이가장의 농민들이 마을을 해방시키고 나아가 항일을 위해 투쟁하는 중요한 매개자로 등장한다. 소상은

늘 쉬운 말과 비유를 사용하여 주인공과 마을 사람들이 알아듣기 쉽게 설명하고, 계급적 불평등을 극복해 나갈 역량을 전달한다. 소상이라는 인물은 구성에 있어 작가가 제시한 인물이자 조수리 자신의 절실한 작가의식의 대변자이다. 현실 순응적이며 타협적이고 선량한 농민들을 각성시켜 완강하고도 교활한 지주계층과의 투쟁에 힘을 실어줌으로써 마을의 진정한 주인으로 거듭나게 하는 모습은 조수리가 추구한 문학 세계의 특징이다. 개개인의 근대적 자아의식보다는 공동체적 집단의식을 우선시하였는데, 이는 항일전쟁 시기 중국의 농촌 현실에서 생성된 전형적인 인물 묘사 방법으로, 개개인의 근대적 자아의식보다는 공동체적 집단의식을 우선시하는 조수리의 작품경향이기도 하다.

조수리는『이가장의 변천』을 통해 결국 진정한 해방은 이가장의 해방이며 더 나아가 중국 공산당 혁명의 승리라는 점을 강조하고자 하였다.

『이유재의 판소리』　　　『이가장의 변천』

국통구 문학

국통구 문학에는 전국책파와 항전무관론파 등이 있다. 전국책파는 30년대 민족주의문학파를 계승하여 발전시킨 우파단체로 1940년 4월 곤명에서 서남 연합대학의 보수주의 학자들이 모여 『전국책』을 창간하고 국가지상, 민족지상의 구호하에 민족문학과 국수주의를 주창하였다.

항전무관론파는 1938년 신월파 회원인 양실추가 '붓만 들면 항일전쟁을 운운하는 사람들이 쓴 글은 청나라 때 과거 시험 문체인 파고문 같은 항일팔고문이다'고 지적하고 원래 문학은 항일전쟁과 무관한 것임을 주장하였다.

그리고 공산당의 지지를 받고 있는 문협 소속의 작가인 호풍은 '작가는 모름지기 주관적 전투정신으로 자아를 확장하여 예술창작의 원천으로 삼아야 한다'고 선언함으로써 모택동의 객관주의에 이의를 제기하였다. 그는 문학의 독자성을 강조하면서 문학이 정치에 복속되어서는 안 되며, 민족형식문학과 함께 5·4 이래 작가들의 신문학활동을 인정해야 하며, 주관과 객관의 결합으로 생활 리얼리즘 문학을 실천하자고 주장하였다.

참고문헌

강형신,「노사 생평과 작품활동」, 숙명여자대학교 중국연구소, 1987.

권수전,「田漢 초기 극작에 나타난 비극 구조 연구」, 한국외국어대학교 중국연구소, 2005.

권철,『중국 현대문학사』, 청년사, 1989.

권혜경,「서지마 문학 연구」, 한국외국어대학교 박사학위 논문, 2002.

김성동,「심종문 후기 향토소설의 현실인식」, 연세대학교 박사학위논문, 1996.

김은희.「老舍의 <月牙兒>研究」, 한국중국어문학회, 1995.

김의진,「老舍短篇小說研究」, 가톨릭대학교 인문과학연구소, 1996.

김지영,「서지마 애정시 연구」, 동국대 교육대학원 박사학위 논문, 2006.

등정성삼,『100년간의 중국문학』, 토마토, 1995.

박난영,「巴金의 <家>에 나타난 主題思想 研究」, 고려대학교 대학원 석사학위 논문, 1983.

박남용,「艾青 시에 나타난 詩語의 상징성 연구」, 한국외국어대학교 박사학위 논문. 2001

박노종,「조우 희곡 연구: <뇌우>, <일출>, <원아>, <북경인>을 중심으로」, 영남대학교 박사학위논문, 2003.

박안수,「서지마 시 연구」, 영남대학교 대학원 박사학위 논문, 2004.

박영숙,「巴金 <家>에 대한 분석적 연구」, 숙명여자대학교 석사학위논문, 1993.

박영자,「전한 극작 속의 '신여성' 연구: 초기 극작을 중심으로」, 대구대학교 석사학위논문, 2004.

박용산 편저,『중국 현대문학사(하)』, 도서출판 學古房, 1997.

박종숙,『韓國人이 읽는 中國現代文學史』, 도서출판 한성문화, 2004.

박종숙,『한국여성의 눈으로 본 중국 현대문학』, 신아사, 2007.

박지혜,「巴金의 <家>의 인물형상연구」, 울산대학교 교육대학원 석사학위논문, 2001.

백정희 · 김상원 공저,『중국현 · 당대문학의 이해 』, 한국학술정보(주). 2001.

서봉식,「심종문 소설의 향토의식연구: 소설 변성을 중심으로」, 고려대학교 석사학위논문, 1987.

아이칭, 류성준 옮김, 『투명한 밤』, 푸른사상, 2001.

왕순홍, 『중국의 어제와 오늘』, 평민사, 2003.

유병은, 「조수리 소설창작 연구: 사회주의현실주의적 특징을 중심으로」, 인하대학교 석사학위논문, 2004.

유여아, 「채만식과 노사의 비교 연구」, 한국정신문화연구원, 1992.

유재성, 「老舍 항전시기 문예활동」, 『中國學論叢』, 5권, 1996.

육완정, 「노사문학의 재인식」, 중국 『계간』, 4호, 1981.

윤동렬, 「田漢의 신낭만주의적 예술특징에 관한 소고」.

이강인, 「老舍 <茶館>의 悲劇性 연구: 時・空間을 中心으로」, 한국외국어대학교, 1998.

이병한, 「노사의 소설과 극본」, 『동아문화』, 22집, 서울대학교출판부, 1984.

임비, 김혜준 역, 『중국현대산문사』, 고려원, 1993.

전광배, 『중국 현대시의 이해』, 중문출판사, 1998.

전윤정, 「심종문 소설연구」, 명지대학교 대학원 석사학위 논문, 2007.

정수국 엮음, 『중국 현대시와 산문』, 동양문고, 2001.

정진배, 『중국 현대문학과 현대성 이데올로기』, 문학과지성사, 2001.

조득창, 「田漢의 초기 희곡 연구」, 고려대학교, 1991.

주덕발, 김태만 역, 『중국 현대문학사 해설』, 열음사, 1993.

중국현대문학학회, 『중국 현대문학의 세계』, 현암사, 1997.

진정임, 「巴金의 소설연구 <家>를 중심으로」, 동국대학교 교육대학원, 1999.

최성일, 「라오서(老舍)의 생애와 창작활동 연구」, 광운대학교 인문사회과학연구소, 2004.

편혜경, 「조우의 <일출> 연구」, 명지대학교 석사학위논문, 2003.

하경심・심진호, 『노사희곡선 - 중국 현대희곡 총서』, 학고방, 2006.

한국 중국현대문학학회, 『중국 현대문학과의 만남』, 2006.

허세욱, 『中國現代文學史』, 법문사, 1999.

황보정하, 「심종문 소설연구 - 물의 이미지 중심으로」, 연세대학교 석사학위논문, 2001.

http://blog.naver.com/cutearis?Redirect=Log&logNo=70010606216

http://cafe.naver.com/gaury/149016

http://www.bashu.net/literature/famous/teahouse.htm

http://user.chollian.net/ ～mazel/

http://naver.com

찾아보기

(ㅇ)

이강인 ———

현) 부산외국어대학교 중국어학부 외래교수
　　　국제지역통상연구원 연구위원
중국 복단대학교 중문과 박사
중국 산동교통대학 교환교수 역임
부산대학교 중국연구소 연구원 역임
부경대학교 국제지역연구소 연구원 역임

『시진핑 시대의 중국몽(부강중국과 G1)』(공저, 2014)
『든든 여행중국어』(공저, 2014)
『중국 지역문화의 이해』(공저, 2013)
『중국 대중문화와 문화산업』(공저, 2013)
『한중수교 20년(1992-2012)』(공저, 2012)
『한 권으로 읽는 중국문화』(공저, 2010)
『10개의 시선, 하나의 중국 중국현대사회』(공저, 2009)
『세계변화 속의 갈등과 분쟁』(공저, 2008)

중국 현대문학
작가 열전

초판인쇄　2014년 7월 25일
초판발행　2014년 7월 25일

지은이　이강인
펴낸이　채종준
펴낸곳　한국학술정보㈜
주소　경기도 파주시 회동길 230(문발동)
전화　031) 908-3181(대표)
팩스　031) 908-3189
홈페이지　http://ebook.kstudy.com
전자우편　출판사업부　publish@kstudy.com
등록　제일산-115호(2000. 6. 19)

ISBN　978-89-268-6459-3 93820